Tucholsky   Wagner   Zola   Scott
                                 Fonatne Sydow   Schlegel
   Turgenev   Wallace   Freud

      Twain   Walther von der Vogelweide   Fouqué   Friedrich II. von Preußen
                 Weber   Freiligrath
                                                              Frey
 Fechner   Weiße Rose   von Fallersleben Kant   Ernst
           Fichte   Richthofen   Frommel
         Engels   Fielding   Hölderlin
   Fehrs   Eichendorff   Tacitus   Dumas
              Faber   Flaubert
         Maximilian I. von Habsburg Fock   Eliasberg   Ebner Eschenbach
   Feuerbach   Eliot   Zweig
                      Ewald   Vergil
       Goethe   Elisabeth von Österreich   London
 Mendelssohn   Balzac   Shakespeare
                    Lichtenberg   Rathenau   Dostojewski   Ganghofer
     Trackl   Stevenson   Doyle   Gjellerup
 Mommsen   Tolstoi   Hambruch
          Thoma   Lenz   Hanrieder   Droste-Hülshoff
 Dach   Verne   von Arnim   Hägele
         Reuter   Hauff   Humboldt
    Karrillon   Rousseau   Hagen   Hauptmann
              Garschin   Gautier
       Damaschke   Defoe   Hebbel   Baudelaire
                    Descartes   Hegel   Kussmaul   Herder
 Wolfram von Eschenbach   Dickens   Schopenhauer
     Bronner   Darwin   Melville   Grimm Jerome   Rilke   George
        Campe   Horváth   Aristoteles   Bebel   Proust
 Bismarck   Vigny   Barlach Voltaire Federer
                  Gengenbach   Heine   Herodot
 Storm   Casanova   Tersteegen   Gilm   Grillparzer Georgy
         Chamberlain Lessing   Langbein   Gryphius
 Brentano   Lafontaine
  Strachwitz   Claudius   Schiller   Kralik   Iffland Sokrates
       Katharina II. von Rußland   Bellamy Schilling
                            Gerstäcker   Raabe   Gibbon   Tschechow
 Löns   Hesse   Hoffmann   Gogol   Wilde   Vulpius
  Luther   Heym   Hofmannsthal   Klee Hölty Morgenstern   Gleim
       Roth   Heyse Klopstock   Kleist   Goedicke
 Luxemburg   Puschkin Homer   Mörike
       La Roche   Horaz   Musil
   Machiavelli   Kierkegaard   Kraft   Kraus
 Navarra Aurel   Musset   Moltke
 Nestroy Marie de France Lamprecht Kind Kirchhoff Hugo
       Nietzsche   Nansen   Laotse   Ipsen   Liebknecht
                Marx   Lassalle Gorki   Ringelnatz
 von Ossietzky   May   Klett   Leibniz
                         vom Stein   Lawrence   Irving
 Petalozzi   Knigge
      Platon   Pückler Michelangelo   Kafka
   Sachs   Poe   Liebermann Kock
      de Sade Praetorius   Mistral   Zetkin   Korolenko

Meister Martin Hildebrand

Wilhelm Heinrich Riehl

Impressum

Autor: Wilhelm Heinrich Riehl
Umschlagkonzept: toepferschumann, Berlin

Verlag: tradition GmbH, Hamburg
ISBN: 978-3-8424-1099-2
Printed in Germany

W. H. Riehl

Meister Martin Hildebrand.

(1847.)

Einen würdigeren Greis habe ich niemals gesehen als den alten Schlossermeister Martin Hildebrand, den Patriarchen meiner Vaterstadt; in kräftigeren Jahren gewaltig mit Zange und Hammer, in alten Tagen gewaltig im Rat und in der Rede und in traulicher Erzählung aus vergangener Zeit.

Der alte Hildebrand war der letzte Mann im Orte, der noch einen Zopf trug, den einzigen echten Zopf, den ich noch mit eigenen Augen geschaut. Kein böser Bube hätte ihn drum zu höhnen gewagt.

Vornehm und Gering hatten Respekt vor dem Meister, und unter den Handwerksleuten galt er dazu für ein Licht der Gelehrsamkeit. Doch war ihm dieser Ruf erst mit der Muße des Alters gekommen, denn vordem hatte er keine Zeit gehabt, gelehrt zu werden. Als ihm aber die Schlosserarbeit zu sauer ward und sein Sohn ein tüchtiger Meister im Geschäft geworden war, begann der Alte fleißig zu lesen, namentlich in alten Chroniken und in geistlichen Büchern.

Die Gottesgelahrtheit hätte er gerne ausergründet; denn er war ein heftiger lutherischer Christ und ein strenger Wächter der reinen Lehre. Darum hatte ihm die Vereinigung des lutherischen und reformierten Bekenntnisses viel Gewissensangst gemacht, und wenn am Reformationsfeste, das zugleich zu einer Feier der Union geworden, der Pfarrer ausgangs der Predigt die beiden großen Reformatoren mit Namen anrief, dann paßte der alte Hildebrand auf wie ein Hechelmacher, ob er Luther zuerst nannte oder Zwingli.

Allein soviel er auch grübelte über Gottes Wort und sich seine eigenen Gedanken darüber machte, so schwieg er doch meist von diesen Dingen vor anderen, und wo man ihn fürwitzig darüber ausfragen wollte, antwortete er höchstens durch ein Lächeln, gleich als wolle er sagen, er könne wohl wunderbare Geheimnisse verkünden, aber die Siegel seines Geistes sollten verschlossen bleiben. Oder er fuhr auch die Fragenden hart an, hieß sie arbeiten und beten und das weitere in Demut unserem Herrgott anheimgeben.

Ein ganz anderer Mann war aber der alte Hildebrand, wenn man ihn im Kreis der Freunde des Hauses auf die Erlebnisse seiner früheren Jahre brachte. Da redete er wie ein Buch, und oft auch herrlicher wie manch ein Buch, und die Zuhörer, wenn sie gleich dieselbe Erzählung schon sechsmal von ihm gehört, hingen doch an seinem Munde, als künde er ihnen die neueste Mär. Denn man spürte, der Erzähler war ein ganzer Mann, der ein reiches Leben durchgekämpft mit hellem Aug' und mutigem Herzen; darum, wenn man eine von seinen kleinen Geschichten anhörte, so war es einem, als schaute man zugleich auf ein Blatt aus der großen Menschengeschichte, denn hier wie dort hatte der Finger Gottes sichtbar sein Zeichen eingeschrieben.

Da pflegte dann wohl der alte Mann zu sagen, stolz über den Beifall seiner Zuhörer: wenn er nur einmal seine Erinnerungen, und was ihm so mit diesen durch die Seele ziehe, niederschreiben könne, das solle doch eine ergötzliche Chronik geben, wohl wert, an den langen Winterabenden darin zu lesen.

Nun geschah's, daß der alte Hildebrand, der nie ernstlich krank gewesen, im achtundsechzigsten Lebensjahre plötzlich von einem Fieber überwältigt wurde, welches ihn, eben weil er kein Gewohnheitspatient, um so furchtbarer schüttelte. Schwer und langsam genas der Alte, monatelang mußte er das Bett und Zimmer hüten.

Da lag oder saß er träumend, Gedanken spinnend so manchen lieben langen Tag und durfte kein Glied rühren, auch nicht viel sprechen. Und oftmals leuchtete sein Aug', als schaue es hinein in unaussprechliche Herrlichkeit, oft rollte es unstet und fast zornig, gleich als ergrimme der Geist darüber, daß er so hohe und heimliche Dinge schaue und sie doch nicht gestalten, nicht festhalten und keiner anderen Menschenseele mitteilen könne.

Als er sich allmählich zu erholen begann, griff er zum Schnitzmesser und machte allerlei drollige Holzfiguren zum Spielzeug für seine Enkel. Aber sein Geist war nicht bei dieser Arbeit. Er schob sie darum wieder beiseite, und wo er eine heimliche Stunde fand, da holte er sich nun Papier und Feder zu seinem Großvatersitz am Ofen und schrieb oft halbe Tage lang, ganz im stillen, und sagte und zeigte niemand, was er schrieb, und nicht einmal seiner Frau, der er sonst alles sagte und zeigte. Wann er aber geschrieben hatte, dann kam allemal eine selige Ruhe und Versöhnung über sein Gemüt, so daß seine Frau oft sprach, es scheine, ihr Martin schreibe sich gesund, das sei ihr genug, und sie wolle gar nicht weiter wissen, was er eigentlich schreibe.

So ging es den langen Winter hindurch. Als aber das Frühjahr kam, war der alte Hildebrand wieder bei vollen Kräften. Da machte er auch dem Schreiben ein Ende.

Am Abend des Ostersonntags sprach er zu seiner Frau: »Wie ich so zwischen Leben und Sterben lag, gebrochenen Leibes, da wurde es wunderbar helle vor meinen inneren Sinnen. Ich schaute zurück in die vergangenen Tage, und alle die Geschichten, die ich Euch so oft erzählt, zogen wieder an mir vorüber, aber weit deutlicher und genauer als je vorher. Ja ich entsann mich nun des kleinsten, was ich längst vergessen, ich lebte meine ganze Jugend noch einmal durch und jeder Tag der alten Zeit lag vor mir wie im lichtesten Sonnenschein. Aber auch ergötzliche Traumbilder traten hinzu und verschlangen sich mit meinen klaren Erinnerungen wie zu einem Märchen oder Gedicht. Es waren keine eitlen Träume, denn gerade in ihnen war die Führung Gottes durch meinen ganzen Lebenslauf versinnbildet. So ungefähr muß es im Himmel oder auch in der Hölle sein, daß wir klar wieder schauen jeglichen Tag, den wir auf Erden verlebt, doch aber nicht im irdischen Licht, sondern im Glanze der himmlischen Herrlichkeit oder im Widerschein des höllischen Feuers. Als ich nun genas, da wühlte es in mir, und ich hatte nicht Ruhe, bis ich diese Erinnerungen alle aufgezeichnet, wie sie in meinem Geiste neu und verklärt auferstanden waren, während mein Leib in Schmerzen gefesselt lag. Da überströmte mich das selige Gefühl der Genesung, das ich nie zuvor gekannt – gleich wie einer, der sich nie auf die Haut naßregnen läßt, gar nicht weiß, welche Wonne es ist, trockene Kleider anzulegen.«

Mit diesen Worten übergab der Meister seiner Ehefrau die Handschrift; sie führte den Titel: » *Chronik des Meisters Martin Hildebrand.*«

Mitten aus den Blättern aber nahm er vorerst einen Abschnitt heraus, von dem er der Frau sagte, sie möge ihn für sich ansehen wie eine Widmung des Buches. Und nachdem sich die beiden Alten die Sessel zurecht gerückt, begann der Meister zu lesen, was folgt.

I. In der Herberge.

Ich, Martin Hildebrand, habe mir auf den linken Arm drei Buchstaben eingeritzt – A. E. S. – und um die Buchstaben ein Herz als Rahmen gezeichnet. Das that ich in meinem zwanzigsten Jahre, da ich von Hause weg auf die Wanderschaft ging. Die Buchstaben heißen Anna Elisabeth Schaufflerin, und alle Linien waren mit Pulver ausgeätzt, daß sie nicht zuwüchsen, und ich den lieben Schatz in der Fremde niemals vergessen möchte.

Sechs Jahre lang bin ich umhergezogen und bis ins Ungarland, Mähren und Böhmen gekommen; durch Sachsen und Thüringen aber zurückmarschiert. Von der ganzen großen Wanderschaft hab' ich weiter nichts mitgebracht, als das rechte Gerück und Geschick in der Werkstatt, was den Meister macht, und beinahe einen Schnurrbart, den ich mir bei den Ungarn wachsen ließ: ein solcher war damals in deutschen Landen noch eine große Rarität.

Bei all dem Wandel und Wechsel in der Fremde ist mir nichts treu geblieben als mein lustig Gemüt und der schwere Knotenstock, den ich mir vor dem Ausmarsch in unseren Westerwälder Bergen von einer Eiche geschnitten und, wie's einem Schlossergesellen zukommt, mit fingerslanger eiserner Zwinge selbst beschlagen habe.

Ich will dir aber jetzt eine Geschichte erzählen, die mir im letzten Jahre vor der Heimkehr begegnet ist. Wenn ich daran denke, wird mir's zu Mut, wie wenn man auf dem Kirchhof umhergeht und auf den Kreuzen liest und nach einem bekannten Namen sucht.

Als Sinnspruch will ich dieser Geschichte die Bitte aus dem Vaterunser vorsetzen: »Führ uns nicht in Versuchung!«

So mir's recht gedenkt, war es im August 1779, als ich mit einem guten Kameraden, einem Schreinergesellen aus Holstein, die Werra hinab gen Münden zog. Der Fluß hat gar friedliche, liebliche Ufer; niedrige Berge, aber hier ein Wäldchen, dort eine Wiese, eine Burg, ein Dorf. In einem schönen Land ist der Wandersmann leicht guter Dinge. Darum plauderten wir recht vergnüglich, sangen, pfiffen und schritten im Takte drauf los, als wir am schönsten Sommermorgen das Städtchen Witzenhausen erreichten.

Es sieht etwas altmodisch aus, und gerade deshalb um so traulicher. Auf den Hügeln jenseits der Brücke wächst der bekannte Wein, mit dem man in ganz Hessenland den Kindern droht, wenn sie nicht zur Schule wollen. Als wir durch den Thorturm schritten, ließen die Sträflinge, die oben hinter den Gittern saßen, eine abgeschnittene Strumpfferse an einer langen Schnur vor uns herunter, um von unserer Mildthätigkeit ein paar Pfennige zu angeln. Die Thorwache saß daneben, den Pfeifenstummel im Mund und schaute gemütlich dem Fischzuge zu. Es war damals noch kein so gestrenges Regiment wie heute, und die Welt stand fest, so wie so.

Die Schlosserherberge in Witzenhausen führt als Zeichen einen großen Schlüssel über der Hausthür. Sankt Peter könnte ihn zum Himmelschlüssel brauchen.

Drinnen in der Schenkstube hängt ein seltenes Kunststück am Deckbalken, das vor langen Jahren ein wandernder Schlossergesell gestiftet hat, der seine Zeche nicht bezahlen konnte. Es ist eine wunderliche Verschlingung von geraden und krummen Linien, die Kreuz und die Quer, alles in Eisen gearbeitet. Sieht man den Knäuel nur obenhin, dann wird man nirgends Gesetz und Sinn entdecken, wonach die Linien geführt seien; verfolgt man aber den Linienzug vom Mittelpunkte aus, dann kann man die Frakturbuchstaben des ganzen ABCs entziffern, die der Reihe nach in eine Figur gelegt sind.

Nur wer rechtschaffen gewandert ist, weiß, wie süß die Einkehr schmeckt; – wenn man vor der Hausthür zuerst forschend in die Tasche fühlt, ob da auch noch Kreuzer genug beisammen sind, einen guten Trunk zu zahlen, dann mit stolzer Zuversicht eintritt, den schweren Tornister abwirft und auf der Ofenbank die müden Glieder dehnt – es geht nichts über dies erkämpfte Behagen!

Das sollten wir hier nicht lange schmecken.

In der Herberge war eine seltsame Bewegung.

Der Herbergsvater und seine Frau gingen in der Stube auf und ab, ratlos, wie es schien, zuweilen halblaut miteinander streitend. Dabei warfen sie häufig bald zornige, bald ängstliche Blicke auf zwei Frauenspersonen, die in dem hintersten Winkel der Stube saßen, von allen Gästen gemieden, von allen argwöhnisch beobachtet.

Dort aber gewahrte ich ein echtes braunes Zigeunermädchen, schöner, als ich je eines bei diesen verfluchten Heiden gesehen. Um das pechschwarze Haar hatte sie ein feuerfarbenes Tuch wie einen Turban geschlungen, während arme Lumpen ihren Körper deckten. Ein älteres Weib ihres Stammes saß neben ihr.

Daheim in unseren Bergen kann man die Kinder dieses Volkes alle Tage sehen. Halbe Dörfer sind von Zigeunern bewohnt; sie reden freilich nicht mehr so welsch und sind nicht mehr so diebisch wie die Wanderhorden. Aber wie diese seßhaften Zigeuner früher gewandert sind gleich den anderen, so müssen sie dereinst auch wieder von ihren Sitzen fort, wann ihre Zeit erfüllet ist; denn das Wandern ist den Zigeunern als Gottes Fluch auferlegt, und so gab er dem Volke den Namen Zigeuner, indem er zu ihm sprach: Zieh einher! Wo aber in meinen jungen Tagen eine Wanderhorde der Zigeuner in ein offenes Dorf kam, da läutete man Sturm und die Bauern standen auf, als sei der Feind da, und bewehrten sich, um Hab und Gut zu schützen.

Wir hatten kaum Platz genommen, da erhob sich das alte Zigeunerweib. »Kocht uns eine Suppe!« rief sie befehlend. Man kehrte sich nicht an ihren Ruf.

»Ich gebe euch einen guten Rat fürs Vieh!« fügte sie nach einer Pause einschmeichelnd bei.

Aber die Wirtsleute blinzelten gegeneinander und thaten, als ob sie nichts gehört hätten.

Das alte Weib merkte das und mochte leicht den Sinn erraten. »Wir haben Geld,« rief sie hastig, »wir bezahlen so gut wie andere Leute.« Und bei diesen Worten zog sie ein ledernes Beutelchen und ließ der Reihe nach wohl zehn blanke Thaler durch die knochigen Finger gleiten.

Aber die Wirtin faßte sich ein Herz und sagte: »Ihr könnt hier ausruhen und, wenn ihr wollt, auch in unserem Stalle schlafen, aber Essen und Trinken haben wir nicht für euch.

»Das sind böse Leute,« sprach die Zigeunerin zu uns herüber, »und uns hungert gar sehr, junger Bursche.« Hierauf begann die Alte mit dem Mädchen rasch und heftig in ihrem Rotwelsch zu reden, welches der Teufel besser versteht als ich.

Ich ging zur Wirtin und fragte sie, warum sie denn den Weibern fürs Geld nichts zu essen geben wolle, da sie ihnen doch, was viel mehr sei, eine Schlafstätte angeboten habe?

Die Wirtin gab zur Antwort: »Man weiß nicht, ist es schlimmer grob sein oder freundlich sein gegen dieses Volk, das einem der Satan ins Haus schickt. Sind wir ihnen grob, dann verhexen sie uns das Vieh, sind wir ihnen freundlich, dann stehlen sie uns die Herberge aus. Wo aber ein Zigeuner schläft, da stiehlt er nie; dagegen wo er ißt oder trinkt, beraubt er den Wirt. Wäret Ihr nicht von heute, junger Freund, dann wüßtet Ihr wohl, daß auf weit und breit kein Mensch diesem Volke etwas zu essen geben mag, und zeigte die Hexe gleich ebensoviel Goldstücke, als sie vorhin gestohlene Thaler gezeigt hat.«

Ein Handwerksbursche, der schon oft Hunger gelitten, weiß, daß der Hunger auf der Wanderschaft ein doppelt bitteres Kraut ist. Darum, als die Wirtin mir und meinem Kameraden den Tisch deckte, konnte ich's doch nicht übers Herz bringen und winkte den Zigeunerinnen herbei, daß sie mit uns essen sollten.

Sie waren auch nicht träg', die Einladung anzunehmen.

Aber nun hättest du die Wirtin sehen müssen! Wütend kam sie herbeigesprungen und riß uns samt den heidnischen Weibern die Schüssel weg und rief: »Ihr seid so wenig wert, daß Ihr etwas zu essen kriegt, wie das Zigeunervolk; denn Ihr wollt sie zum Diebstahl in meinem Hause verleiten.« Und zu gleicher Zeit faßte mich der Herbergsvater bei der Halsbinde. Da aber sprang mein Kamerad auf, wie der gehörnte Siegfried im Heldenbuch und brüllte den uralten Kriegsruf der Handwerksbursche, wenn's zum Prügeln geht: »Auf ihn, er ist von Ulm!« und hobelte als der tapferste Schreinergesell den Herbergsvater mit seinen beiden Fäusten weidlich ab. Die anderen Leute aus der Schenkstube aber sprangen dem Wirt zu Hilfe. Hei, wie schlugen wir da drein und zeigten dem Gesindel, daß ein deutscher Handwerksbursche nicht bloß mit dem Hut in der Hand, sondern auch mit den Fäusten fechten kann! Aber bald war ich Hammer und Amboß zugleich, allmählich mehr Amboß als Hammer, und nach acht Minuten standen wir beide unter Sankt Peters Himmelsschlüssel vor der Hausthür und die Zigeunerweiber mit uns, und auf meinen zerrissenen Rock deutend, von dem die Fetzen abfielen und auf meine blutende Nase, rief mir der Herbergsvater höhnend aus dem Fenster nach: »Wo man haut, da fallen Späne.«

So zogen wir fürbaß, und schon kam mir die Reue, daß ich den Burgfrieden der Herberge meines eigenen Zeichens gebrochen hatte.

Die Alte bot uns zum Danke, gleichsam als Feldzulage nach bestandener Schlacht, ein Stück Geld an. Wir nahmen's aber nicht, obgleich es eine gar verlockend glitzernde funkelneue Münze war.

Da trat das braune Mädchen zu mir, drückte mir die Hand, schaute mich mit den großen schwarzen Augen durchdringend an und flüsterte mir ein paar Worte ins Ohr.

Die hab' ich nicht verstanden. –

Aber ihren Blick habe ich verstanden und den Druck der Hand. Solch ein Zigeunermädchen war mir wahrhaftig noch nicht vorgekommen.

Die Alte fragte, wohin wir unseren Weg zu nehmen gedächten. Der Holsteiner aber sprach: »Ich will Euch mit einem Zigeunerspruch antworten: Wir gehen, wohin uns unsere große Zeh' weist. Euch aber bitte ich, lasset die Eurige nach einer anderen Weltgegend schauen. Denn prügeln ließen wir uns wohl für Euch, aber Kameradschaft mit Euch machen, mögen wir nicht.«

So trennten wir uns.

Mein Kamerad aber rieb sich im Marschieren noch lange den Rücken, den ihm die wuchtigen Fäuste der Witzenhäuser braun und blau geschlagen, und wir schritten aus im Takte der Verse, die er dazu sang:

> »Können wir uns nicht vertragen,
> So thun wir uns brav schlagen
> Und alles mit der Hand

– Das ist der Handwerksstand.«

II. Beim Wildhüter.

Von Witzenhausen zieht sich ein mächtiger Wald gegen Kassel hinüber. Es müssen stolze Stämme dort stehen und dichtverschlungenes Gebüsch; denn als wir in der stillen Mitternacht durch die langgedehnten Forste wanderten, konnten wir kaum den Pfad unter unseren Füßen erkennen, obgleich der Himmel ganz sternenhell war, und stießen bald wider die Aeste, bald wider die Wurzeln, so tief dunkel schattete das Laubwerk. Der Tag war schwül gewesen, und hätten uns nicht die ungastlichen Witzenhäuser zum Nachtmarsch gezwungen, so würden wir diesen wohl erquicklich gefunden haben; denn ein Gewitter hatte inzwischen die kochende Luft gekühlt. Das Graf war noch naß, und wenn ein Luftzug ging, schüttelte er schwere Tropfen von den Blättern, sonst aber ist's wieder ganz still und feierlich geworden über das weite Land hin, und hier und dort hat sich sogar ein verspätetes Johanniswürmchen, das den Juni und Juli überlebte, nach dem Regen hervorgemacht und leuchtete freundlich aus dem dunklen Grase.

Mein Kamerad, der Holsteiner, war in der Gegend wohlbekannt, denn er hatte früher einmal hier in Arbeit gestanden. Er wußte rechts und links Bescheid und konnte fast von jedem Plätzchen eine Geschichte erzählen, bald traurig, bald lustig, wie sie in den Spinnstuben von Mund zu Mund gehen. Gedenk' ich jetzt solcher Schnurren und Wandergeschichten, dann geht mir das Herz auf, wie's einem alten Fuhrmann durch alle Glieder zuckt, wenn er mit der Peitsche klatschen hört; aber damals verwünschte ich die Historien des Holsteiners, denn ich hatte meine eigenen Gedanken im Kopf, denen ich nachhängen wollte. Besonders kam mir das Zigeunermädchen nicht aus dem Sinn. War mir's doch, als ob ich sie schon einmal gesehen hätte, – ich glaub' im Böhmerwalde, wo sie mit einer Truppe zog, die in den Scheunen für Geld Kunststücke machte. Jetzt aber hatte ich eine merkwürdige Aehnlichkeit entdeckt zwischen ihr und der Schaufflerin, meinem Schatz, namentlich war es die Nase des Heidenkindes, die mich erschreckte, denn sie war der Nase meiner Anna Elisabeth gleich wie ein Ei dem anderen. Und dann ergrimmte mich's wieder recht bis in die Eingeweide hinein, daß man den hungrigen Wanderern nichts zu essen gegeben und uns allesamt geprügelt und vor die Thüre geworfen hatte. Solch ein Schimpf war mir noch in keiner Herberge widerfahren.

Mein Kamerad hatte eben ein erbauliches Nachtstück von einem benachbarten Galgen erzählt, den er ganz allein um Mitternacht erklettert hatte, um von dem dörrenden Gerippe eines dort aufs Rad geflochtenen Diebes die Finger zu stehlen (denn ein Diebesfinger ist zu mancherlei Dingen nütze); und als wir an Kauffungen vorbeigingen, hatte er von diesen Fingern einen ganz natürlichen Uebergang gefunden zu den Fingern jener Nonne von Kauffungen, die dreißig Jahre lang deutlich abgedrückt zu sehen waren auf dem Backen der Aebtissin ihres Klosters, nämlich infolge einer ungeheuren Ohrfeige, welche die Nonne ihrer Aebtissin gegeben, weil dieselbe über dem Mittagessen allezeit Messe und Prozession versäumte. Da fügte es sich denn auch wieder ganz natürlich, daß mein Kamerad von dieser Ohrfeige auf die feuerfesten Großallmenroder Schmelztiegel zu reden kam, denn von fernher schimmerten uns eben die Lichter des fleißigen Ortes entgegen.

Plötzlich aber hielt er an.

»Habt Ihr nicht eine dunkle Gestalt da vorn über den Hügel schleichen sehen?« fragte er, als wir an ein Plätzchen gekommen waren, wo der Wald sich lichtete.

Ich hatte nichts gesehen.

Aber der Kamerad hatte genug gesehen, um sogleich wieder eine neue Geschichte daran zu knüpfen. »Der Hügel,« sprach er, »ist mir wohl bekannt. Wenn ich früher an Sonntagsnachmittagen nach Allmenrode ging, führte mich der Fußpfad darüber hin. In den sechziger Kriegsjahren warf dort ein hessischer Grenadierlieutenant einen französischen Reiterhauptmann im Scharmützel nieder. Als der Franzose am Boden lag und die Degenspitze des Hessen auf seiner Brust spürte, rief er jämmerlich um Pardon. Da zog der Hesse seinen Degen zurück, der Franzose aber raffte sich auf, zog sein Pistol und schoß den Mann, der ihm eben erst das Leben geschenkt, von hinten meuchlings durch den Kopf. Doch sollte ihm der Frevel keinen Gewinn bringen, denn am anderen Tage ward er von den Lucknerschen Husaren niedergemacht. Jetzt reitet der Franzose nachts um in diesem Wald, manchmal bin ich ihm begegnet« – und er zog seine Korbflasche und nahm einen herzhaften Schluck

Branntwein und beteuerte: »Dieser Trunk soll Gift sein, wenn ich dem Franzosen nicht begegnet bin« – und fuhr dann fort: »Oben auf dem Hügel ist ein kleiner Stein, darauf steht die ganze Geschichte zu lesen. Vor ein paar Jahren war er halb versunken und bereits mit Moos überwachsen. Da machten wir uns – ein paar Allmenroder Patrioten und ich – eines Sonntags früh auf, zogen mit Hacke und Stemmeisen heraus, richteten den Stein wieder gerade und kratzten das Moos ab, damit dem verräterischen Reitersmann seine Schande auch für die Zukunft nicht geschenkt sei.«

Während der Holsteiner noch erzählte, brach ein Lichtschimmer durch die Zweige, der uns stutzig machte. Es war, als ob ein Feuer auf dem Hügel lodere, ungefähr bei dem Denkstein. Bei meinem Kameraden aber war der Teufel los, als er den rätselhaften Feuerschein sah, denn er hatte Courage im Leib, war wirklich mitternachts allein auf den Galgen gestiegen, und wohl dürstete kein zweiter Schreinergesell im heiligen römischen Reich gleich ihm nach Abenteuern. Er blies sofort zum Angriff. Denn daß das Feuer kein irdisches sei, sondern mit dem französischen Reiter zusammenhänge, schien sonder Zweifel. Wir legten unsere eisenbezwingten Knotenstöcke ein, als seien es Lanzen, und brachen durchs Dickicht, den Hügel hinan, als säßen wir hoch auf dem Streitroß.

Oben auf dem freien Raume des Hügels angekommen, fanden wir nur ein verlassenes, schon verglimmendes wirkliches Feuer, welches keinerlei Spur höllischer Bestandteile zeigte, dessen Rauch aber allerdings durch einen besonderen Geruch ausgezeichnet war: es roch nämlich, als ob in der Asche Kartoffel brieten.

Seitwärts stand ein Wildhüterhäuschen. Von dorther hörten wir eine Weiberstimme. Da entbrannte dem Schreiner aufs neue die mannhafte Lust am Abenteuer. »Den Wildhüter kenne ich,« rief er, »wer zum Teufel mag die Dirne sein, die er sich bei Nacht in seine Hütte eingethan? Hallo! Hallo!« – und er blies durch die hohle Hand ein Jagdsignal – »dem Wildhüter wollen wir sein Wild aufscheuchen!«

Tollen Mutes sprangen wir hinzu. Ich kam ihm vor und stieß mit dem Knotenstocke wider die schiefe Thür der Hütte. Es war eigentlich nur, um anzuklopfen; allein im Sturm hatte ich den Stoß so übermütig geführt, daß er zugleich die Thür aus allen Fugen riß.

Ein altes Weib mit einer Laterne sprang hervor und zog einen gewaltigen Stock zum Streiche aus. Aber als sie zu gleicher Zeit mir mit der Laterne ins Gesicht leuchtete und scharf mir Aug' in Auge geschaut, ließ sie den Prügel sinken.

»Ihr seid es?« rief sie erstaunt und änderte die streitgerüstete Stellung. »Ihr sollt mir allezeit freundlich gegrüßt sein, auch wenn Ihr Euch unfreundlich anmeldet!«

Es war die alte Zigeunerin, und das Mädchen mit dem feuerfarbenen Tuch saß in der Hütte.

»Tretet ein,« fuhr die Alte mit einer Artigkeit fort, die nicht ohne Würde war. »Vorhin wolltet ihr euer Mahl mit uns teilen, jetzt teilen wir das unserige mit euch.«

Das ließen wir uns nicht zweimal sagen, und drückten uns in das Innere der Hütte, wo kaum Platz war, daß sich vier Personen lagern konnten.

Diese Wildhüterhäuschen sind ganz wie Indianerhütten gebaut in Gestalt eines Zuckerhutes, dessen Spitze ein großer Schirm von Flechtwerk, mit Lehm bekleidet, überragt, um das Einschlagen von Wind und Regen in den Rauchfang zu verhindern. Mit Lehm und Rasenstücken ist dann auch der ganze übrige Bau bedeckt. Innen ist höchstens eine Feuerstatt und eine Bank. Zu Zeiten schlägt der Wildhüter dort sein Lager auf, um von Stunde zu Stunde mit Schreien, Schießen und dem Gebell seiner Hunde das Hochwild zu verscheuchen, wenn es zur Atzung scharenweis in die angrenzenden Saatfelder zieht. In eine solche verlassene Hütte hatten sich also für heute nacht die beiden Zigeunerinnen einquartiert.

Unsere Wirtinnen teilten vor allen Dingen zur Besiegelung der Freundschaft ihr Mahl mit uns. Es waren Frühkartoffeln, die sie vermutlich am Wege gestohlen und dann in dem geheimisvollen Feuer gebraten hatten, und breite Schnitten eines köstlichen Schinkens, den sie wohl auch nicht gekauft, gefunden oder geschenkt erhalten haben mochten.

Die alte Hexe trug meinem Kameraden das Mahl auf. Der schüttelte sich ein wenig, als er den Schmutz der Alten und der Hütte sah, murmelte aber dann das Sprüchlein, welches bei solchen Gelegenheiten herkömmlich ist: »Besser eine Laus im Gemüs als gar kein Fleisch« – und griff tapfer zu.

Mir aber legte das niedliche Mädchen die Speisen so anmutig und reinlich vor, daß mir's köstlicher schmeckte, als hätte ich an des Fürsten Tafel gegessen.

Diese Zigeunerinnen – sonst so mißtrauisch und verschlossen gegen jeden, der nicht ihres Stammes ist – waren gegen uns zuthunlich und liebreich geworden. Ihre freundliche Dankbarkeit deuchte mir wie die eines herrenlosen Hundes, dem man Brot gegeben hat, und der uns dann die Hand leckt und wedelnd hinter uns drein läuft. Und damit will ich nichts Schlimmes gesagt haben; im Gegenteil, es soll ein großes Lob sein. Ich meine, die Dankbarkeit dieser Zigeunerweiber erschien so hingebend mit Leib und Seele, wie man das leider nur noch bei den Hunden findet.

Besonders erzeigte mir das Mädchen mit dem feuerfarbenen Tuch im pechschwarzen Haar jeden erdenklichen Liebesdienst, redete mir so freundlich zu und schaute mich stets so dankbar an mit den großen glühenden Augen, daß mir das braune Heidenkind fast so schön wie das schönste Christenmädchen erscheinen wollte, besonders weil ihr die Nase meiner Elisabeth zwischen den funkelnden Augen saß.

Als wir satt gegessen hatten, faßte sie mich am Arm und sprach: »Ich will Euch die Schicksale Eurer Wanderfahrt prophezeien,« und begann in den Linien meiner Hand zu lesen. Weil sie nun den Linienzug bis zur Handwurzel verfolgen wollte, so streifte sie mir den Rockärmel – es war am linken Arm – ein wenig zurück, und ihr scharfer Blick gewahrte das in den Arm geätzte Herz mit den Buchstaben A. E. S.

»Was bedeuten die Buchstaben?« fragte sie hastig.

Ich aber erwiderte mit besonders festem Nachdruck: »Das ist der Name meines Schatzes, der Anna Elisabeth Schaufflerin, daheim aus dem Westerwalde.«

Und es war mir im Augenblicke, als sei das Herz mit den drei Buchstaben ein lichtstrahlender Engelschild, vor dem der Teufel zurückweichen müsse, und das heidnische Hexlein stand da, als ob sie wie verblendet sei von den drei Buchstaben, schlug die Augen nieder und sprach kein Wort.

»Aber du hast mir ja nichts prophezeit?« fragte ich.

»Ihr habt mich verwirrt – ich kann es jetzt nicht!« rief sie und ihre Stimme zitterte, daß ich erschrak. Sie fing hell zu weinen an, setzte sich in die hinterste Ecke des Raumes, verhüllte ihr Gesicht und redete kein Wort mehr.

Der Holsteiner hatte sich inzwischen so festgefahren bei der Alten, daß ich um guter Kameradschaft willen den Gedanken schon aufgeben mußte, heute nacht noch weiter zu wandern. Die Zigeunerin erzählte ihm nämlich die seltsamsten Historien und Abenteuer, wie sie nur solches Volk an der Straße auflesen kann. Das war dem Schreinergesellen eine gemähte Wiese. Nie in seinem Leben hat er dem Pfarrer so andächtig zugehört wie der Hexe, und er sammelte in dieser einen Nacht Vorrat genug, um damit ein ganzes Jahr lang in allen Herbergen den lustigen Patron zu spielen.

Ich legte mich in einen Winkel und versuchte zu schlafen. Da erhub sich ein großer Kampf in meiner Seele. Vor meine Augen trat meine Elisabeth. Aber seltsam genug, wenn ich mir recht lange und getreu ihre Züge vorbildete, dann verwandelten sich dieselben, von der schönen Nase anfangend, allmählich in die Züge des Zigeunermädchens. Dann schalt ich mich selbst einen Esel, faßte mich, riß die Augen weit auf, schaute fest in die Ecke, wo das Kind saß. Sie hatte ihr Gesicht verhüllt, ich konnte die Nase nicht sehen, und der Spuk war vorbei. Ich dämmerte wieder ein, und das Blendwerk begann von neuem. Dergleichen hat noch kein Mensch erlebt. Denn wenn wir uns Gestalt und Gesicht einer abwesenden Braut oder des fernen Weibes recht getreu in der Seele vorbilden, dann ist dies sonst die kräftigste Stärkung der Treue, ja ein solches Bild ist ein wahrer Schild wider die Anfechtung. Solange wir uns dieses Bild noch recht klar ausmalen können, sind wir noch gar nicht reif zur Treulosigkeit. Nun hatte ich's gerade umgekehrt: je schärfer ich mir das Bild der Braut auseinanderlegte, um so gewisser ward mir, daß diese Zigeunerin ja ganz die gleichen Züge habe, und was allen anderen ein Schild wider die Anfechtung, das ward mir ein Zauberspiegel der Versuchung. Und immer hub die teuflische Gaukelei wieder bei den verschwisterten Nasen an. Da begann ich meine

Gedanken anders zu wenden. Wie sonst schlaflose Leute zwölfmal das Einmaleins sprechen, so wollte ich so lange und so genau meine ganze Liebesgeschichte mit der Schaufflerin noch einmal durchdenken, bis ich darüber eingeschlafen oder des verhexten Zigeunergesichtes gänzlich quitt geworden wäre.

Also fing ich bedächtig von vorn an.

Elisabeth war die Tochter des fürstlichen Amtmannes Johannes Schauffler – das klingt gar hoch – und ich war nur ein Schlossergesell. Aber ich war guter Leute Kind, und der Amtmann hatte zwölf Kinder, und wo – ohne weiteren Vergleich – der Spanferkel viele sind, da fällt das Gespülicht dünn. Trotzdem ging die Sache, wie zu erwarten stand. Der alte Amtmann war teufelmäßig dazwischen gefahren, als er etwas von der Freundschaft zwischen seiner Tochter und dem Schlossergesellen verspürte. Denn er gehörte zur Dienerschaft und mein Vater zur Bürgerschaft; das war so gut als adelig und bürgerlich. So ward uns aller weitere Verkehr gewehrt.

Aber ein Schlossergesell läßt sich nicht so leicht aus dem Feld schlagen. Reden konnte ich nun nicht mehr mit meinem Schatz; wir konnten uns nur noch verstohlen und aus mäßiger Entfernung sehen, am Fenster, im Garten. Aber kann man nicht auch mit dem Mund zum Auge reden? Ich machte mir so meine eigenen Gedanken darüber. Der Mund spricht in doppelter Weise. Innen bildet er die Tonformen des Wortes aus, aber zugleich spiegelt sich in dem fein abgestuften Gestaltenwechsel der bewegten Lippen auch außen sicherlich die Tonform. Wer taub ist, der sieht's den Leuten am Mund an, was sie sprechen. Und meint ihr, die Leidenschaft, welche unsere Sinne nicht nur wunderbar verwirren und trüben, sondern auch ebenso wunderbar schärfen kann, vermöchte dem Auge nicht die Kraft zu geben, daß es, auch ohne einen Laut zu hören, dem Geliebten dennoch jedes Wort am Munde absieht?

So sprachen wir fast täglich geisterweise miteinander. Elisabeth stand am Fenster, schaute in die Landschaft hinaus oder begoß ihre Blumen; ich aber hatte mich in unverdächtiger Entfernung an einem alten Baumstamme aufgepflanzt und die Zwiesprach begann sofort mit Hand und Lippe.

Die stumme Sprache war uns in kurzem so natürlich, so wert geworden, daß wir beide im stillen dachten, nur dies könne die einzig echte Redeweise der Liebe sein.

Solches stellte ich mir nun recht lebhaft vor, um das Bild der Elisabeth rein und treu in meinen Sinnen zu halten und zur Abwehr des Zigeunergesichts. Aber was hatte denn das braune Kind zu mir gesprochen? Doch nur wenige, bedeutungslose Worte. Und doch hatten auch wir geisterweise viel Tieferes zusammengeredet. Nicht ihre Worte, nein, die dankbare Ergebenheit ihres Blickes, das Zittern ihrer Lippen, die *stumme* Sprache war es gewesen, womit auch sie mir es angethan. Dort saß sie in der Ecke, – das unstete Licht der verglimmenden Kienspäne zitterte über ihre traumhafte Gestalt, – sie verhüllte das Haupt und schwieg. – Wie viele Herzenspein mochte dieser Mantel decken, darein sie sich hüllte! Wie viele Worte mochten in dem bloßen Zittern dieser Lippen verborgen liegen! – An wessen Lippen dachte ich? – Mit ihrem Schweigen richtete sie – die Zigeunerin nämlich – mir all die Marter an, daß ich hätte aus der Haut fahren mögen. Wenn ich nur ihre verteufelt schöne Nase wieder sehen könnte, nur um des Vergleichs halber? Wessen Nase? der Elisabeth oder der Zigeunerin? –

Da war ich wieder bei der Nase angekommen, und durch den neuen Spruch, womit ich das Gespenst bannen wollte, hatte ich es abermals erst recht heraufbeschworen.

Ich legte mich auf die andere Seite, schloß die Augen fest und führte meine Gedanken mit Gewalt wieder zurück zur echten Elisabeth.

Die stumme Zwiesprach genügte nicht auf die Dauer. Also mußten Briefe geschrieben werden. Das war leicht, aber sie zu besorgen war schwer.

Das Amthaus befand sich im alten Schlosse, welches weiland mit Wall und Graben tüchtig befestigt gewesen. Jetzt hatte sich freilich Mauerwerk und altes Geröll zu hohen Haufen im tiefen Graben angesammelt und den Wall bedeckte wucherndes Buschwerk. Das Fenster von Elisabeths Kämmerlein ging auf den Graben. Wenn man aber nicht vorn über die alte Zugbrücke zum Thor des Amthauses gelangte, dann war es immer noch sehr mühselig, ja gefährlich, dicht unter die Mauern des Gebäudes zu steigen. Doch das sollte meinen verliebten Mut nicht schrecken.

Ich bin zu Hause, im elterlichen Hause, ganz gewiß, nicht in der verzauberten Wächterhütte. Mitternacht ist vorüber. Ich hatte mich bisher in den Kleidern auf meinem Lager gewälzt, und ob ich gleich nach dem heißen Tagewerk der Ruhe gar sehr bedurft hätte, doch kein Auge zuthun können. Jetzt bläst der Nachtwächter ein Uhr: – das längst erwartete Zeichen. Ich springe auf; zum Fenster geht's hinaus und über die Hofmauer hinüber auf die Straße. Dort ist's jetzt totenstill. Das dumpfe Getute des Nachtwächters verhallt in der Ferne. Nur ein Brunnen rauscht emsig in der einsamen Nacht. Kennt ihr diesen wundersamen Ton, das leise Gemurmel des Wassers im tiefen mitternächtigen Schweigen? Es klingt, als ob uns selber ein altes halbverklungenes Lied melodisch durch die Brust rausche.

Das alte Schloß ist rasch erreicht, der Wall rasch erklettert. Ich weiß genau, wo ich an den gefährlichen Stellen den Fuß einzusetzen, wo ich mich an einer Wurzel, wo an den Aesten zu halten habe. Das Dunkel der Nacht kann mich nicht hemmen, denn ich habe mir den Pfad noch nie anders als unter ihrem Schutze gebahnt.

Aus den Thälern ringsum dampfen, Gespenstern gleich, die weißen Nebel auf, am Himmel ist kein Mond, kein Stern zu sehen, dickes, molkiges Gewölk hängt schwer über der Stadt und dem Walde.

Das alte Schloß ist ein unheimlicher Bau! wohl wenige würden sich in dieser Stunde allein hierher wagen. Seht ihr dort oben am Dache den Vorsprung mit dem kleinen Fensterchen? Glitzert da nicht etwas ganz matt? Vielleicht ist's nur ein neuer blanker Blechbeschlag, vielleicht auch faules Holz. Aber es ist ein unheimliches Fenster. Vor hundert Jahren wohnte droben ein verführtes und verlassenes Mädchen. In der stillen Nacht, vielleicht gerade jetzt zu dieser Stunde, überkamen das arme einsame Weib jene Schmerzen, unter denen sich ein neues Leben dem alten entwindet, und als sie gegen die Morgenfrühe in ihrer Verzweiflung das Kind im Schoße wimmern hörte, erwürgte sie es und schleuderte den Körper durch jenes Fenster in den Graben herab. Hätten wir Mondschein, ihr würdet drüben am Waldsaume den alten steinernen Galgen sehen können. – Das Dachstübchen ist, seit hundert Jahren unbewohnt, in demselben Zustande verblieben, worin es war, da die Kindsmörderin zum Verhör und zum Galgen geführt wurde; es sieht grauslich aus in dem engen Kämmerchen.

Allein was kümmert mich dieses Nachtgespenst? Wohnen doch da unten hinter Elisabeths Fenster alle guten Engel.

Jetzt habe ich unter diesem Fenster festen Fuß gefaßt. Ich werfe mit einem Kieselsteinchen ganz leise wider die Scheiben. Gutes Zielen thut not, denn nebenan schlafen sechse von des Amtmanns zwölfen. Das Fenster öffnet sich; ein herabgelassener Bindfaden wird die Briefe befördern. Seht, jetzt erscheint sie selber am Fenster, kaum schattenhaft erkennbar in der dunklen Nacht. Aber das um den Kopf gewundene feuerfarbene Tuch sieht man doch ganz deutlich! – Das feuerfarbene Tuch? Der Zigeunerin? Ja wahrhaftig, und der Galgen da drüben paßt ganz lustig zu ihrer Erscheinung.

Und fort ging's abermals im wilden Taumel der Gedanken auf dem betretenen Pfad. Elisabeth und die Zigeunerin flossen aufs neue in eine Gestalt zusammen, und zwischendurch grinste mich das Gespenst der armen Sünderin an, die ihr Kind in den Schloß graben schleudert. Es war die rechtschaffene Liebe, die da kämpfte mit wüstem Liebesrausch und Treubruch, dazu aber war es auch das Bild der göttlichen Rache, das drohend herniederschaute aus dem öden, grauslichen Dachstübchen.

Dieser Gedanke packte mich plötzlich mit furchtbarer Gewalt. Und abermals schalt ich mich einen Esel und sprach zu mir: Martin Hildebrand heißest du. Das sind zwei tapfere Namen. Martinus schrieb sich Doktor Luther, der kampfgerüstete Gottesmann, der dem Teufel das Tintenfaß an den Kopf warf; Hildebrand war ein großer Held in alten Ritterzeiten, der auch nicht den heidnischen Zigeunermädchen nachgelaufen sein wird. Ei, wer so ritterliche Namen trägt, muß selber auch ein guter Ritter sein. Und siehe, mit dem Segen meines Namens bannte ich das Trugbild und fühlte mich wie der Erzengel Michael, da er den Teufel unter seinen Füßen hat.

Da wachte ich auf.

Hell leuchtete die Morgensonne durch die Thür und den Rauchfang in die Hütte. Tief schlafend lag mein Kamerad neben mir. Aber die Zigeunerinnen waren verschwunden.

Ich weckte den Holsteiner, und wir rüsteten uns zum Aufbruch. Da fanden wir auf unseren Ranzen noch zwei gewaltige Stücke von dem Schinken liegen, den uns die Frauen zurückgelassen.

»Es ist doch noch Tugend bei diesen Spitzbuben,« sagte der Schreiner, indes er den Schinken in den Ranzen schob, »und wenn gestohlene Katzen am besten mausen, dann wird uns gewiß auch dieser gestohlene Schinken als das köstlichste Frühstück schmecken.«

III. Auf der Grenze.

Dem Handwerksburschen ist in den Grenzstädten oft eine harte Prüfung vorbehalten – er muß sich über sein Reisegeld ausweisen. Der Grenzen aber gab's selbiger Zeit noch gar viele im heiligen römischen Reich, und überall ward ein anderes Reisegeld gefordert. Der Satz, daß guter Mut halbes Zehrgeld sei, galt nur selten vor den Bürgermeistern und Stadthauptleuten; sie wollten nur immer das ganze Zehrgeld sehen und kümmerten sich nicht um den guten Mut.

Solange ich mit meinem Kameraden, dem Holsteiner, gewandert war, hatten wir uns mit einem altüberlieferten Handwerksburschenkniff durchgeholfen. Wir thaten nämlich vor dem Amthause das gemeinschaftliche Vermögen zusammen, und so mochte die Summe für den einzelnen wohl genug sein. Standen wir dann auf der Polizeistube, so drängten wir uns recht dicht aneinander, der Holsteiner zählte die Summe zuerst vor, fing mit den Hellern an und hörte, sofern wir gerade so grobes Kaliber führten, mit den Kronthalern auf. Sowie er dann das Geld wieder wegnehmen durfte, reichte er mir's flink hinter dem Rücken zu, und zählte ich die gleiche Barschaft noch einmal auf den Tisch, fing aber mit den Kronthalern an und hörte mit den Hellern auf. Die Büttel und Scharwächter müßten rechte Schafsköpfe gewesen sein, wenn sie das Kunststück nicht gemerkt hätten; aber es war altes Handwerksburschenrecht, und das überlieferte Herkommen muß die Polizei nicht antasten.

Der gute alte Brauch würde uns aber jetzt in dem ersten hannoverschen Städtchen jenseits der Weser wenig geholfen haben. Denn dort sollte sich jeder über sechs Reichsthaler Zehrgeld ausweisen, und wie wir nun auch die gemeine Barschaft bei Heller und Pfennig zusammenzählen mochten, kamen doch niemals mehr als drei Reichsthaler heraus.

Vor dem Städtchen steht eine alte Linde mit dickem, knarrigem Stamm und rings um denselben zieht sich eine bequeme Steinbank. Dort saßen wir, zählten noch einmal und immer noch einmal, ob wir nicht die sechs Reichsthaler herauszählen könnten, allein es waren und blieben nur drei.

Das Wetter war zwar prächtig und der Weg, welcher zur Grenze herübergeführt hatte, wunderschön, aber eine vermaledeite Geschichte wäre es doch gewesen, wenn wir wegen mangelnder drei Reichsthaler binnen vierundzwanzig Stunden den wunderschönen Weg bei dem prächtigen Wetter wieder hätten zurückwandern müssen.

Mein Kamerad weidete sich eine Weile an meiner Verlegenheit. Da sagte er plötzlich mit bedeutungsvollem Lächeln: »Du hast in dem Wächterhäuschen tapfer geschlafen, Bruder, indes ich für uns beide gewacht habe. Nimm mir Ranzen, Stock und Kittel hier in Verwahrung, daß ich mich wie ein Spaziergänger durchs Stadtthor einschleichen kann, und in einer halben Stunde hoffe ich mit dem fehlenden Gelde wieder hier zu sein.«

Und ohne auf meine Fragen zu hören, sprang er davon. Aber seine Worte ließen mich schon ahnen, daß hier wieder die Zigeunerinnen im Spiel sein müßten.

Der Holsteiner brachte dann wahrhaftig nicht bloß die drei Reichsthaler herbei: er brachte ihrer neune mit, so daß wir beide diesmal nebeneinander unser Wandergeld gleichzeitig und vollzählig hätten auf den Tisch legen können.

Ich aber faßte den Kameraden am Rock wie der Scherg den Marktdieb, und nicht loskommen sollte er mir, bis er bekannt, wie er das Geld gewonnen. »Du hast es dem alten Weibe abgeschwatzt, während ich in der Hütte schlief, und ich rühre keinen Heller von dem Diebsgeld an!« –

– »Der Alten? Nein. Die ist zäh wie Lappleder. Sie hat uns ihren Dank bereits gezahlt, und wenn der Pfarrer nur einmal predigt für ein Geld, warum sollte eine Hexe zweimal uns dienen für eine Freundlichkeit? Aber die junge ist ein Prachtmädel. Höre, Westerwälder, nicht bloß das Glück kommt dir im Schlaf, sondern auch die Mädchen. Doch nun kein Besinnen! Nimm das Geld, und dann mit fliegenden Fahnen ins Städtchen eingezogen!«

Nun aber nahm ich das Geld erst recht nicht. Martin Hildebrand heiße ich nach zweien guten Kämpfern; darum wollte ich auch den guten Kampf jetzt tapfer zu Ende fechten.

Und unter dem Spott und dem zornigen Schelten meines Kameraden zog ich zum Thore hinein wie ein stolzer Sieger, und dennoch fiel mir auch das Herz bei jedem Schritt etwas tiefer gegen die Schuhe hinab; denn mein Siegerstolz war ja der eines Märtyrers, und die Ausweisung per Schub winkte im Hintergrund.

Der Thorwart rief Halt! Wir zeigten unsere Schreiben – Wanderbücher gab's dazumal noch wenige – und wurden sofort zur weiteren polizeilichen Behandlung aufs Amthaus geschickt.

Auf der Amtsstube schaute mich der Büttel zwar etwas grimmig und nachhaltig an; doch das ist man gewöhnt. Dann aber stellte er ganz höflich einen Stuhl hin und bedeutete mir schweigend, daß ich mich setzen möge. So viel Aufmerksamkeit hatte man mir noch auf keiner Amtsstube erwiesen, und ich freute mich im stillen darüber, wie auch, daß man meinem übermütigen Genossen keinen Stuhl geboten, obgleich mich doch auch wieder das geheimnisvolle Wesen des in Grobheit höflichen Büttels wunder nahm, der uns sofort allein in der Stube ließ.

Nach langem Harren erschien er wieder und zwar in Begleitung eines Bartscherers. Auch der sprach keine Silbe, zog sein Gerät hervor, seifte mich ein, und – jetzt ergriff ich den Sinn von des Büttels Höflichkeit: ich hatte den Schnurrbart ganz vergessen, den ich mir aus Ungarland mitgebracht! – Und der Barbier begann mir mit einem gräßlich stumpfen Messer den Schnurrbart herunterzuscheren.

Er war erst mit der einen Hälfte fertig, da war aber mein stolzer Mut schon ganz wegrasiert. Wenn einen in Kurhannover der Büttel schon um eines unschuldigen Schnurrbarts willen aufs Blut schinden lassen durfte, was wird man da erst mit einem Handwerksburschen anfangen, der kein vollzähliges Wandergeld hat?

Ich streckte darum, während der Bartscherer an des Schnurrbarts zweite Hälfte ging, ganz sachte die hohle Hand hinter den Rücken. Mein Kamerad verstand wohl das Zeichen, aber er ließ mich eine Weile zappeln, und erst als der Schnurrbart ganz herunter war, legte er mir die Thaler in die Hand. Als ich aber das kalte Geld fest packte, brannte es mich doch wie höllisches Feuer. Und ich zeigte es danach mit einem solchen rasierten Armensündergesicht vor, als hätten mir die Hühner das Brot gefressen.

Erst als wir das Amthaus im Rücken hatten, holte ich wieder Atem aus tiefster Brust. Und abermals faßte ich den Kameraden am Rock, und nicht eher sollte er wieder loskommen, bis er versprochen hätte, mich zu dem Zigeunermädchen zurückzuführen, daß ich ihr das Darlehen heimzahlte, und als Zins wollte ich ihr dann einmal gründlich und herzbewegend die Meinung eines treuen deutschen Handwerksburschen sagen.

»Das geht nicht an,« erwiderte der Schelm ganz gelassen. »Ich will dir reinen Wein einschenken. Heute nacht erwog ich, daß wir mit unserer Armut nicht einwandern könnten in den Kurstaat Hannover. Da trug ich mein christliches Bedenken der alten heidnischen Hexe vor; die aber hatte kein Geld mehr für uns. Allein die junge Hexe, die zwar den Mantel vors Gesicht zog, aber zwischen den Falten fortwährend nach dir hinüberschielte, hatte es gehört und nahm mich ganz verstohlen beiseite, da die Alte den Aufbruch rüstete, und verhieß mir Geld hier in der Stadt, wo die ganze Horde verborgen liegt. Doch mußte ich ihr mit Manneswort geloben, keiner Seele ihr Versteck zu verraten, daß nicht der ganze Schwarm ins Unglück komme, noch jemals die Rückzahlung des Geldes zu versuchen. Also sind wir quitt und das Hexengeld soll uns ebenso gut gedeihen, wie uns heute morgen der gestohlene und geschenkte Schinken geschmeckt hat.«

Da war vorerst nichts weiter zu machen. Ich aber schwur mir zu, das Geld nicht anzurühren. Die Dirne wird uns schon bald wieder begegnen, denn dieses Volk ist überall und nirgends, dann aber wollte ich ihr die Silberlinge vor die Füße werfen. Denn wer Martin Hildebrand heißt, der heißt nicht Judas Ischarioth, daß er seine Herrin und Meisterin um elendes Silber verraten sollte. – –

– – Auf der Amtsstube hatte man uns beiden ein rundes Stückchen Blech gegeben, darauf war die Ziffer II. eingeschlagen. Dieses Blechstück sollten wir auf der städtischen Rechnerei abliefern, dann würde man uns zwei Weißpfennige zur Wegsteuer darauf auszahlen. Es war das eine uralte Stiftung. Vor vielen hundert Jahren hatte nämlich ein reicher Zunftmeister ein Kapital niedergelegt, von dessen Zinsen jedem durchwandernden Handwerksburschen zwei Albus Zehrgeld auf den Weg gegeben werden sollen. Auf meine Frage, warum man denn dieses Geld durch ein Blechstückchen anweise, erwiderte man mir, das stamme aus einer Zeit, wo den Leuten das Schreiben noch nicht so gut abgegangen sei wie heutzutage. Auch sei die Anweisung in Blech ganz besonders bequem; denn mit zwanzig Blechzeichen, die an jedem Samstag auf der Rechnerei als eingelöst wieder zurückgeliefert würden aufs Amt, kämen sie das ganze Jahr aus, während für diese Frist tausend geschriebene Zettel nicht langten.

Mein Kamerad, der Holsteiner, den das Zigeunergeld übermütig gemacht, spottete über das gar geringe Zehrgeld und mehr noch über die blecherne Anweisung, weil sie genau so aussah, wie jene Blechmünze, die man den Hunden umhängt zum Zeichen, daß die Hundesteuer entrichtet ist. Und als uns des anderen Tages ein Pudel in den Wurf kam, hielt er ihn fest und band ihm das Blechstück um den Hals zum großen Jubel der Gassenbuben.

Ich aber dachte, man müsse doch das Gedächtnis des alten Zunftmeisters ehren, der die schöne Stiftung gemacht, und trug mein Blech auf die Rechnerei.

Dort mußte ich lange warten. Allein ich traf in der Vorstube den Büttel, der mich hatte rasieren lassen, der war nun ebenso zuthunlich gegen den Handwerksburschen mit glattem Gesicht, als er grob gewesen war gegen den schnurrbärtigen, und erzählte mir viel von der Last seiner Geschäfte.

»Denkt Euch, heute nacht um zwölfe mußte ich noch einmal heraus! Unter der Stadtmauer hatte sich eine ganze Zigeunerhorde gelagert. Einige Bürger aber, die gegen Mitternacht an jener Stelle vorbeigegangen, hörten ein so furchtbares Schreien, Streiten und Jammern, als ob's Mord und Totschlag gäbe, daß sie mir am Laden klopften und die Sache erzählten. Und wie ich dann mit der Scharwache an den Platz komme, da muß ich eine greuelhafte Geschichte sehen. Die wilden Kerle hätten ein schwaches, wunderschönes Mädchen beinahe erwürgt. Etliche aber nahmen Partei für das arme Ding. Und nun teilten sie sich, nach ihrer scheußlichen Art, Faustschläge aus; die Faust aber hatten sie dabei mit einem Tuch umwickelt, worin ihre zweischneidigen Messer verborgen steckten, so daß nach jedem Hieb das Blut hervorspritzte. Als wir aber einsprangen und die halbtote Dirne ihren Händen entrissen, sagten sie, das Schandkind habe ihr gemeines Geld veruntreut und neun

Reichsthaler an einen Handwerksburschen weggeschenkt. Ein grimmiger alter Kerl aber, anzuschauen wie der Teufel selber, rief, nicht genug noch habe die Dirne an den blutigen Hieben; die Verräterin des Stammes müsse›Feuerspeise‹ heißen. Wißt Ihr, was das bedeutet? – Die zwei ärgsten Peiniger des geschlagenen Geschöpfes konnten wir auf der Stelle fassen. Die anderen liefen davon, und das Mädchen muß sich, wer weiß in welchen Winkel verkrochen haben, denn als wir wiederkehrten, war sie nirgends mehr zu finden. Die blutigen Spuren ihrer Mißhandlung könnt Ihr heute noch auf dem Platze sehen.«

Es wurde mir bald glutheiß, bald eiskalt über dieser Erzählung, und so wird mir's heute noch, wenn ich daran zurückdenke. Denn wie man sich erzählt, verbrennen die Zigeuner das Mädchen oder Weib, welches einem fremden Manne ihre Liebe zugewendet, und wen sie also dem Tode geweiht, den nennen sie »Feuerspeise«.

Auf der Lagerstätte unter der Stadtmauer habe ich ziellos stundenlang vergeblich gesucht und nichts gefunden als das zertretene Graf und die Blutspuren.

Wir wanderten weiter.

Ich mußte mich bald von dem Holsteiner trennen und sah und hörte nichts mehr von dem Zigeunermädchen.

Anfangs war mir's vor Zorn, Scham und Reue recht eigentlich, als müsse ich aus der Haut fahren. Im Kurfürstentum Hannover brauchten sie damals viel Geld wegen der alten Kriegsschulden und warben Soldaten für englischen Dienst in Ostindien. Da kam mir manchmal der Gedanke, meine Haut den Engländern zu verkaufen, das wäre schier so gut gewesen, als aus der Haut gefahren. Die vier Thaler tastete ich nicht an, obgleich mir mittlerweile manchmal der letzte Heller ausgegangen ist.

Endlich dachte ich: das Heidenkind wird wohl in selbiger Nacht totgeschlagen worden sein, und als ich – mir deucht, es war in Westfalen – eines Tages an einer Kirchhofskapelle vorüberkam, wo sie eben das Totengebet über dem Sarge einer Braut sprachen, warf ich die vier Thaler in den vor der Thüre aufgestellten Opferstock, kniete zu den anderen und betete für die Seele der armen Zigeunerin, die um meinetwillen totgeschlagen worden war.

Und wie ich des brennenden Geldes ledig geworden und für die Ruhe ihrer Seele gebetet hatte, kam auch meiner Seele die Ruhe wieder; ich konnte mir wieder rein und voll das Bild meiner Elisabeth malen, und der Teufelszauber war von ihrer wunderschönen Nase genommen.

So wanderte ich denn getröstet weiter.

IV. Fastnacht.

Köln ist immer eine lustige Stadt gewesen, namentlich aber in den Tagen meiner Wanderschaft. Die Bürger lebten herrlich und in Freuden und das übrige Volk bettelte gemütlich in den Kirchen und Straßen und fuhr auch nicht schlecht dabei. Die Schildwachen an den Thoren bettelten die einziehenden Reisenden an, und da die Stadt für eine Freistätte verdächtiger Personen aus den angrenzenden Ländern galt, so gab jeder den Löffelsoldaten gern ein Almosen, bald aus guter Laune, bald aus Furcht.

Ein ganzes Jahr hatte ich in Köln gearbeitet. Es hielt mir anfangs schwer, unterzukommen, da man die lutherischen Ketzer nicht gerne sah in der heiligen Stadt, wie wir auch zwei Stunden weit nach Mühlheim in die Kirche gehen mußten. Aber als ich einmal meinen Meister gefunden, ward ich bald heimisch bei ihm, und hatte dort gute Tage. Denn die reichen Kölner, für die wir arbeiteten, sind Leute, die's lang hängen lassen, wenn sie's lang haben, und nirgends bekam der Gesell und Lehrjunge ein so kavaliermäßiges Trinkgeld, als bei den Kölner Prälaten und Domherren. Da ging es denn hoch her unter dem jungen Handwerkervolk. Ja, eine lustige Zeit war sie doch, die gute alte Zeit! Wenn die Maurer damals den Grundstein eines Hauses legten und herkömmlicherweise eine Flasche Wein hineinmauern sollten, dann tranken die Gesellen flugs den Wein weg und mauerten die leere Flasche ein für künftige Geschlechter. Die neuen französischen Papiertapeten kamen eben in Mode in den reichen Häusern von Köln und das Aufkleben derselben ward von den Tapezierern für ein besonderes Kunststück und Geheimnis ausgegeben, und die Gesellen verlangten für jedes Zimmer fünf bis sechs Maß Wein, um ihn unter den Kleister zu mischen, der nach einem geheimen Rezept zusammengesetzt werde. Dann kamen wir Bauhandwerker alle zusammen bei den Tapeziergehilfen und tranken den Wein, indes der Kleister das nötige Wasser trank. O wie ist es verkühlt und verhärtet das glutflüssige, funkensprühende Erz meiner lustigen Jugendzeit!

Also ein ganzes Jahr hatte ich in Köln gearbeitet, und nun wollte ich fortziehen aus den alten Mauern. Da war es mir denn recht gelegen, daß vor Thorschluß noch die tolle Fastnacht kam.

»In drei Tagen geht es auf dem geraden Weg zurück nach dem Westerwald, die Wanderschaft hat ein Ende, und wenn ich einmal in unseren Bergen festsitze als Meister, dann gibt's für mich in zwanzig Jahren nicht wieder eine kölnische Fastnacht.« So dachte ich, als ich am Morgen des fröhlichen Tages meinen Bratenrock anlegte, nämlich den roten Rock mit den gelben bocksledernen Buchsen, worin ich konfirmiert worden bin, und mein seliger Vater war auch darin konfirmiert worden.

Da trat die Frau Meisterin zu mir, ein wohlgenährtes, rotbackiges echt kölnisches Kind, festlich aufgeputzt. Um den Kopf aber hatte sie über die Haube allezeit ein weißes Tuch gebunden, denn ob sie schon aussah wie das Leben, litt sie doch stark an der Kopfgicht.

Die gute Frau hielt große Stücke auf mich und vertraute mir manchmal ein Geheimnis. Schien es doch, als ob sie auch heute so etwas auf der Seele habe.

»Wie geht's mit der Kopfgicht, Frau Meisterin?« fragte ich wie alle Tage, so auch heute, zum Morgengruß.

Und jedesmal erwiderte sie: »Wie's Gott gefällt, aber doch herzlich schlecht.« So hatte sie mir ein ganzes Jahr lang jeden Tag geantwortet. Heute jedoch sprach sie: »Wie's Gott gefällt; aber es wird bald ein Ende haben. Das ist meine Fastnachtsfreude, Martin, daß endlich ein Mittel wider das heillose Uebel gefunden ist. Heute ist ein Tag gekommen, wo wir's anwenden können.«

Und sie zog mich in die Ecke und flüsterte: »Der Meister darf um nichts wissen; er ist hinausgegangen die Gecken zu sehen, und alle die anderen laufen gleichfalls auf den Gassen herum. Das Mittel läßt sich nur ganz geheim anwenden: – ich brauche Sympathie!«

»Nun, Frau Meisterin,« sagte ich, »und ich will meine Narrenkappe aufsetzen – das ist auch Sympathie – und mit den Gecken durch die Straßen fahren.« Im stillen wünschte ich aber der guten Frau, daß ihr die Sympathie nicht auch zur Narrenkappe werden möge. Denn sie war eine herzensgute Seele, aber viel Grütze hatte sie nicht im Kopf.

Auf der Straße begegnete ich dem Meister, der nahm mich mit in die Trinkstube der Zunft. Er wußte wohl, daß er einen rechtschaffenen Gesellen an mir gehabt hatte, drum führte er mich heute – es war zum erstenmal – nicht nur in die Trinkstube, sondern er bedeutete mir auch klar, wie hoch er diese Auszeichnung anschlage, denn seine Einladung schloß er mit dem feierlichen Wort: »Danach der Mann ist, danach wird ihm die Wurst gebraten.«

In der Trinkstube aber durfte ich mich an das unterste Ende des großen Tisches setzen; denn oben saßen die Meister, und einmal wurde mir sogar von meinem Meister über den ganzen Tisch hin zugetrunken, was großes Aufsehen erregte.

Danach trat der Meister zu mir und sprach ganz vertraulich: »Ich will dir noch eine Freude machen, Martin. Du sollst die kölnische Fastnacht recht gründlich gesehen haben, darum will ich dich nachher auf den Gürzenich mitnehmen. Zuvor aber gehe mit nach Hause, ich muß noch ein Stück Geld zu mir stecken für alle Fälle, und dann wollen wir's lustig treiben bis tief in die Nacht hinein.«

Als wir ins Haus traten, begegnete mir die Frau Meisterin auf der Flur.

»Wie geht's mit der Kopfgicht, Frau Meisterin?« fragte ich in herkömmlicher Weise.

»Wie's Gott gefällt, doch aber herzlich schlecht.« Das sprach sie laut; leise flüsterte sie mir dann zu: »Wann heute bei Sankt Aposteln die Vesperglücke läutet, dann fliegt die Kopfgicht zum Fenster hinaus.«

Der Meister war in die Stube gegangen, um das Geld zu holen.

Seh' ich doch noch leibhaftig das versteinerte, vergeisterte Gesicht vor mir, mit welchem der dicke ehrliche Mann zurückkam, ein Säcklein in der Hand schüttelnd, und es klang, wie wenn lauter Steine darin wären!

»Weib! ist das nicht unser Geldsäckchen? Wo ist das Geld?«

»Jesus, Maria und Joseph!« rief die Meisterin, in deren rundbackigem Gesicht nun auch die Versteinerung und Vergeisterung anfing, sprang hinzu, riß dem Meister das Säcklein aus der Hand – – da rollten lauter Steine auf die Erde, lauter schöne, glatte Rheinkiesel!

Das war zu viel für eine Fastnacht, selbst für eine kölnische. Mir kam die Verwechslung fast vor wie jene von Wasser und Wein bei den Tapezierergesellen.

Der Meister konnte eine Weile nichts weiter herausbringen als lauter »Hölle« und »Teufel«, und die Meisterin nichts erwidern als »Jesus, Maria und Joseph!«

Endlich fand sie gebrochene Worte, um zu bekennen, sie habe Sympathie als Mittel gegen die Kopfgicht gebraucht; – zwei Zigeunerinnen hätten ihr das Mittel zugerichtet – den Zauber gesprochen, – und zu dem Ende – hier kam das Bekenntnis nur noch tropfenweis in großen Pausen heraus – habe das Weib einen irdenen Topf gefordert, worin sie Kräuter abkochen wolle; – auf daß aber der rechte Zauber während des Kochens über die Kräuter gesprochen werden könne, müsse ein Säckchen – nämlich ein Säckchen mit wenigstens zwanzig Thalern gefüllt, in den Dampf des Gebräus gehalten werden; – das Säckchen solle nur für den Zauber hergeliehen sein. »O, nun hat der Teufel das Geld in Kieselsteine verwandelt. Ich wollte ja anfangs nicht volle zwanzig Thaler herleihen. Da sagte die junge kleine Hexe: Ihr Christen sprecht: danach das Geld, danach die Seelmess'; so sagt der Zigeuner auch: danach das Geld, danach der Zauber. Wollt Ihr bloß den schwachen, den kleinen Zauber, dann geht es auch mit dem kleinen Geld –«

»So sagte die junge, die kleine –« rief ich hinein –

»Ach ja, das kleine Weibsbild.«

»Mit dem pechschwarzen Haar und dem feuerfarbenen Tuch?«

»Ja, wie einen Turban um den Kopf gewunden –«

»Und die Alte hatte eine große Warze auf der Nase? –«

»Wie ein Groschenstück!«

»Und die Kleine hatte auch eine Nase – eine Nase –«

»Wie? Was? eine Nase –«

Ja, die Nase war es, die unheilvoll schöne Nase, die mich schon so oft verblendet hatte, und ich sah sie jetzt wieder in höllischer Klarheit und lief davon, als stürze das Hans brennend über meinem Kopf zusammen. Und ohne eigentlich selber zu wissen, was ich wollte, lief ich stundenlang die Straßen auf und ab, bis mir die Gedanken wieder ein wenig zur Ruhe kamen.

Erst in der Dämmerung kam ich wieder gegen das Haus des Meisters. Es war aber nahe der Stunde, wo von Sankt Aposteln die Vesperglocke läuten sollte.

Da sehe ich, daß mir jemand in einiger Entfernung nachfolgt. Ich bleibe stehen – die Gestalt nähert sich mir. Es war eine feine, vornehme Frauenmaske.

Als sie vor mir stand, nahm sie die Larve herunter. Jetzt kam das Versteinern und Vergeistern auch an mein Gesicht. Das war meine Elisabeth, wie sie leibte und lebte. Die Gestalt aber sprach mit der feinen Stimme, die mir schon seit länger als einem Jahre, seit ich das Zigeunerkind tot geglaubt, wie der verschwebende Orgelton aus einer Gespensterkirche im Ohr geklungen hatte: »Ist das Eures Meisters Haus?«

An dieser Stimme erkannte ich, daß es wirklich die Zigeunerin sei; denn das Dämmerlicht und das ordentliche christliche Kleid des Heidenmädchens hatten die täuschende Aehnlichkeit mit meiner Braut ganz vollendet.

Ich antwortete »Ja«, wie ein Schulbube im Examen.

Da zog sie zwanzig Thaler hervor und sprach: »Hätt' ich vorausgewußt, daß jenes Weib Eure Meisterin ist, ich würde sie um aller Welt Güter nicht bestohlen haben. Ich erfuhr es erst, als sie selber davon plauderte, und da war es zu spät. Nehmt das Geld und bringt es ihr zurück.«

Jetzt kam mir Verstand und Mut und die Sprache wieder.

»Wer sich des Stehlens getraut,« rief ich, »der muß sich auch des Galgens getrauen!«

»Wer am Galgen stirbt,« erwiderte sie, »der braucht nicht im Bette zu sterben!«

»Und weißt du nicht, daß Stehlen Sünde ist?«

»Den Fremden bestehlen ist keine Sünde. Den eigenen Stamm bestehlen ist schwere Sünde; diese habe ich verübt, aber nur dir zuliebe.«

»Und wo willst du hinaus mit dieser Liebe zu mir?«

»Du sollst das Pflegkind unseres Stammes werden, du sollst mit mir ziehen durch Wald und Heide, nach Nord und Süd, frei und flüchtig wie der Wind, der mit uns über die Heide braust, die Narren verachtend, die sich in Städten und Dörfern selber ihre Kerker bauen. Zum Wanderer bist du geboren, aber noch hast du nicht geschmeckt, wie selig der freie Wanderer ist, der Zigeuner!«

Kein Komödiant hat jemals schöner geredet und kein Pfarrer beweglicher. Denn es rieselte mir über den Rücken, als sie so gesprochen und in der Dämmerung verschwand, ich weiß nicht wie, und das Geld hielt ich auch in den Händen und wußte nicht, wie ich es gewonnen.

Aber stolz war ich doch, daß ich den Mut gehabt, dem verwahrlosten Mädchen den Text zu lesen über das Stehlen. Hätte ich nicht an dem Tage gerade den roten Rock getragen und die gelben bocksledernen Buchsen, worin ich und mein seliger Vater konfirmiert worden sind, ich hätte mich schwerlich so tapfer ins Zeug geworfen.

Als ich aber der Frau Meisterin das Geld wieder gebracht und Lob und Dank die Fülle von ihr und dem Meister gewonnen hatte, – denn sie glaubten, ich sei den ganzen Tag mit den Polizeidienern umhergelaufen, um die diebischen Weiber aufzuspüren – da fragte ich, nicht ohne einige Bosheit: »Nun, Frau Meisterin, wie geht's mit der Kopfgicht?«

»Mit der Kopfgicht?« fragte sie und besann sich und fühlte an den Kopf, als suche sie was und könne es nicht finden.

Da läutete die Vesperglocke von Sankt Aposteln: – die Kopfgicht war in der That zum Fenster hinausgeflogen. Im Schreck hatte sie die Frau verloren und vergessen.

Und sie rühmte ihr Leben lang die Sympathie der Zigeuner als den heilbringenden Zauber, wodurch sie der bösen Kopfgicht quitt geworden sei.

V. Hohe Flut.

Nach drei Tagen war der Ranzen gepackt.

Es war eine böse Zeit fürs Wandern. Der Rhein ging so hoch, daß kein Wagen mehr auf der Landstraße längs dem Ufer fahren konnte, und die Eisschollen trieben so wild in der übermächtigen Flut, daß sich auch kein Schiff auf den Strom wagte. Im Kölner Hafen stand das Wasser drei Fuß hoch in den Warenschuppen und war so plötzlich über Nacht zu der verderblichen Höhe gestiegen, daß ganze Schiffsladungen Oel und reiche Vorräte anderer Waren in den offenen Hallen vernichtet worden waren.

Alle Freunde drangen in mich, doch nur ein paar Tage noch auszuhalten, bis die hohe Flut sich verlaufen habe. Ich aber hatte einmal meinen Kopf darauf gesetzt, auf den 28. Februar zu gehen, und also ging ich, und wenn es Pflastersteine geregnet hätte.

O wie mächtig sehnte ich mich nach unserem öden, neblichten und doch so trauten Westerwald! Keinen Tag länger würde ich's in Köln ausgehalten haben. Sechs Jahre lang war ich unterwegs und wußte niemals was vom Heimweh, und in den letzten drei Tagen kommt mir's, daß ich hätte greinen mögen wie ein Kind, wenn ich an die Westerwälder Nebel dachte!

Am Nachmittag zog ich aus und wanderte selbigen Abend noch bis Bonn. Das ging ganz gut. Das hohe Wasser hatte mich wenig angefochten, und schon dachte ich ebenso leicht des anderen Tages bis Koblenz marschieren zu können.

Aber weiter stromaufwärts sah es anders aus. Schon am Rolandseck, wo sich die Felsen eng zusammendrängen, war keine Uferstraße mehr gangbar. Da galt es, bergauf und bergab zu klettern, hier durch die Weinberge sich zu winden, dort durch wildverwachsenes Dorngestrüpp auf immer neuen Umwegen, je nachdem die gewaltige Ueberschwemmung sich tiefer in das Land hineinreckte oder eng gepackt in jähen Strudeln dahinschoß.

Hei! das war mir eine Lust, so mit dem Weg und dem Sturm zu kämpfen und die gierige Flut zu betrügen, wenn sie mir da und dort den Weg vertrat! Da brauste mein Wandermut auf wie ein junger Wein, und wie ich so ein Hemmnis um das andere zu nichte machte, fühlte sich auch mein inwendiger Mensch mächtig stark, und es ward mir wie einem Genesenden, und ich spottete meiner selbst, daß ich mich so gemartert um die Zigeunerdirne. Aber wie? War es nicht auch derselbe junge Wein der Wanderlust, den mir die Zigeunerin verheißen hatte? Was anders fühlte ich denn jetzt, als die Seligkeit, die sie mir verkündet, durch Wald und Heide zu ziehen, frei und flüchtig wie der Wind, der mit uns über die Heide braust? Zum Wanderer sei ich geboren – so hatte sie gesagt, ja, und ich fühlte es jetzt, und alte, böse Gedanken überkamen mich, auch eine Hochflut, und ich gedachte wieder, wie ich mich den hannöverschen Werbern hatte verkaufen wollen, um bequemer aus der Haut zu fahren. Wahrlich, es war mir wiederum ergangen wie mit den Gesichtszügen meiner Braut, wie mit dem Traum von unserer stummen Liebe: mit meinem Wandermut hatte ich den Teufel bannen wollen, und mit meinem Wandermut hatte ich ihn erst recht beschworen. Und wäre die Dirne mir in dem Augenblick in den Weg gekommen, ich wäre mit ihr bis zur Hölle gelaufen, rein um der Seligkeit des Laufens willen.

Am Rolandseck stand ein schwer bepackter Frachtwagen mitten im Wasser, wohl fünfzig Schritt weit in der Flut; die Pferde waren längst ausgespannt und gerettet; aber die hohen Wogen steigen bereits über die Räder, und wenn ein tüchtiger Trieb Eisschollen kommt, dann schwankt die ungeheure Last des Wagens rechts und links auf ihren Achsen. Ich hatte eine Minute den Blick abgewandt von dem Wagen, denn der schlüpfrige Pfad unter meinen Füßen forderte ein wachsames Auge. Als ich wieder zurückblickte – war der mächtige Frachtwagen spurlos in den Fluten versunken.

Bei Remagen hatten sich die größten Schiffe mitten auf der Koblenzer Landstraße vor Anker gelegt und ihre Taue an den Alleebäumen zu beiden Seiten befestigt, und doch mochten sie sicher noch ein paar Fuß Wasser über Not unter dem Kiel haben. Die wilden Wogen brandeten aller Orten zerstörerisch in den Baumpflanzungen und Gärten. Bei Linz, wo die Ufer weit und flach sich hinlagern, sah ich einen kleinen Kahn, der über das überflutete Ackerland hinausfuhr. Aber auch da noch waren die Strudel so wild, daß der Kahn bald rund im Kreise herumgerissen, bald pfeilschnell ein

Stück stromabwärts gestoßen wurde, während sich die rastlos Rudernden vergebens müheten, das Ufer zu erreichen.

So woget das Herz des Gottlosen stets ungestüm und kann nicht stille sein, gleich der hohen Flut – wie die Schrift sagt. Hörst du's, wanderlustige Zigeunerdirne! und die Diebe zählen auch zu den Gottlosen! Aber sie weiß ja nicht, daß Stehlen Sünde ist – wie sollte sie eine Gottlose sein?

In der Brohl hatte ich ein kleines Kind gesehen, wie es, fest in die Wiege gebunden, vom Strom angespült wurde. Das Kind war tot, unversehrt, kaum merklich blaß und lächelte wie im Schlaf. Selbst die umstehenden Schiffer, steinharte Männer, vom Wetter und der Sonne braun geglüht, wurden weich bei diesem Anblick.

Wo ich in ein Wirtshaus trat, da saßen die Leute zusammen und fragten mich aus, wie es weiter unten stehe, und kaum wollten sie mir's glauben, daß ich den bösen Weg habe überwinden können, und prophezeiten mir immer, ich komme gewiß keine halbe Stunde mehr über das Dorf hinaus, und doch bin ich mit Gottes Hilfe stets weiter gedrungen.

Wo ich einsprach, da hatte ein jeder von seinem Unglück zu erzählen. Dem einen war die Flut so jählings in den Keller gedrungen, daß sie ihm alle Fässer an die Decke drückte und zersprengte, und nun der ganze Keller gleichsam ein großer Kübel war voll Rheinwein mit Rheinwasser gemischt. Der andere hatte seine Kühe auf den Speicher schleppen müssen; den dritten hatte das Wasser ganz aus dem Hause vertrieben, und in der That war ich an manchem sonst stattlichen Bau vorbeigegangen, der jetzt nur noch mit der Dachfirst einen Fuß hoch über die Wellen ragte.

Eine Stunde Wegs unter Andernach waren alle tieferen Pfade überschwemmt, daß ich bis zum Kamm des steilen Bergzuges hinansteigen mußte, so hoch, daß mir zuletzt selbst der hohe Hammerstein auf der anderen Seite tief unter den Füßen lag. Der Sturm da oben auf der kahlen, felsigen Höhe faßte brausend meinen flatternden Kittel und zerrte und wütete, ihn mir zu entreißen; ich selbst aber, mit dem schweren Ranzen beladen, vermochte kaum den Windstößen standzuhalten und fest auf den Beinen zu bleiben.

Als ich den Gipfel der jähen Steige erklomm, rastete ich eine Weile und blickte noch einmal in die Tiefe hinunter. Da sah ich ein Weib hinter mir den Pfad heraufsteigen; – sie winkte mir, – rief mir zu, – aber ihre Worte verschlang der Sturm.

Ja, ich erkannte es gleich, das feuerfarbene Tuch, welches um ihren Kopf flatterte – – es erfaßte mich eine gräßliche Angst. Als eine Hexe fährt sie daher im Sturm und hat dir's angethan, daß dir ihr Landstreicherleben jetzt so herrlich dünkt, und eine Diebin so schön, daß du sie vor Gott entschuldigen willst und sagen, sie habe gestohlen und sei doch nicht gottlos. Darum, weil sie eine Hexe ist, erblaßte sie, als sie das Herz mit den Buchstaben A. E. S., das Zeichen einer treuen und frommen Liebe, auf deinem Arme eingeätzt sah.

Und ob mir' s gleich bleischwer in die Beine fiel, und der buckligte Pfad in den Klippen jeden Augenblick einen Sturz bringen konnte, und bald da, bald dort ein Dornstrauch mich am Rocke zurückhielt, rannte ich doch davon, als sei mir ein Mörder auf den Fersen. Sie lief mir eine Weile nach, winkte und rief immer lauter – es klang mir wie eine Warnung – aber wer konnte die Worte verstehen in dem rasenden Sturmgeheul? Nicht bloß dem Mädchen wollte ich durch das Laufen entrinnen, mehr noch der Versuchung, die mir im eigenen Herzen entgegenwinkte und entgegenrief. Zu Boden wollte ich sie laufen: zu Boden laufen meine grauenhafte, ziellose Wanderlust, Gift mit Gift vertreiben, und ich flog die Felsenpfade hinauf, hinunter wie der lüftige Teufel. Endlich mußte ich einen Augenblick verschnaufen. Ich schaute zurück. Das Mädchen war verschwunden.

Als ich da oben ging, sah ich tief unten auf dem übermächtigen Strome ein einziges Schiff, schwer beladen, pfeilschnell dahinfahren. Wer mochten die Waghälse sein, jetzt, wo die kecksten Schiffer sich nicht aufs Wasser getrauten? Ich erkannte die rote Flagge und sah eine bunte Menschenmenge auf dem Verdeck – es war ein Schiff mit Werbesoldaten. Und wenn ihnen die Kerls auch alle krepierten, die Seelenverkäufer können's nicht abwarten, bis sich die hohe Flut verlaufen hat, und müssen in jedem Frühjahr die Schiffahrt eröffnen. So wie der Sturm eine Sekunde schwieg, hörte ich den Gesang dieser verzweiflungsmutigen Verkauften gedämpft heraufklingen.

Es war ein Soldatenlied eigener Art, ein Spott- und Klagelied, sie aber sangen's mit lautem Jubel:

>>Ach ich armer Werbsoldat,
Der nur den Tag drei Kreuzer hat
Und anderthalb Pfund Brot,
Wie leid' ich schwere Not!

Für's Geld laß ich mir waschen
Mein Hemd und die Gamaschen,
Und wenn ich das nicht thu',
Krieg' ich noch Schläg' dazu.<<

Ein solches Lied, von solchen Leuten mit toller Lust gesungen, denen die gegenwärtige Stunde jeden Augenblick zur Todesstunde werden konnte, war grausig anzuhören. Und es war mir, als zögen hinter dem Schiffe her wie ein Gespensterschwarm die Klagen und Verwünschungen der verlassenen Eltern, Weiber, Kinder, Bräute, denen die meisten dieser Gesellen, gleichfalls in toller Wanderlust, freventlich fortgelaufen waren, und wann die Wellen so hoch an dem Schiffe aufschlugen und die drängenden Eisschollen es oft mitten im Laufe quer schoben, dann wußte ich da droben nicht mehr, ob der Sturm im Augenblicke nur den Gesang verschlungen hatte oder das Wasser und der Hölle Abgrund auch die Sänger! Aber jetzt haben sie wieder gutes Fahrwasser gewonnen. Horch! man hört sie auch wieder singen –

>>Und wenn ich das nicht thu',
Krieg' ich noch Schläg' dazu.<<

Da kam mir die volle Besinnung wieder, und ich gelobte mir fester als jemals, als ein ehrlicher Schlossermeister auf dem Westerwalde leben und sterben zu wollen.

Oben in den Schluchten des Bergzuges hatte ich mich verlaufen. Ich war entsetzlich müde, aber ich eilte unaufhaltsam vorwärts, die pfadlosen Steigen auf und ab; nur manchmal, wenn mich Hunger und Müdigkeit gar zu arg überwältigten, kniete ich auf die Erde nieder und raffte mir eine Handvoll halbgetauten Schnee zusammen, den ich gierig aufsog.

Endlich konnte ich wieder ins Thal hinabsteigen.

Da sah es traurig aus. In dem engen Wiesengrunde hatte mir die Flut nur einen schmalen und gefährlichen Weg übrig gelassen, aber das Wasser stand hier ganz ruhig wie ein Landsee in dem geschlossenen Becken. Im Vordergrund lag ein rings umspültes altes Kirchlein, dichtes Weidengebüsch umgab den daran grenzenden Kirchhof, dessen Kreuze und Steine nur noch halb aus dem stillen Wasserspiegel ragten. Der Wind schwieg, und Schneegewölk und molkige Nebelmassen hatten sich wie mit einem Schlag von den Bergen niedergesenkt; sie wandelten den Tag in Dämmerlicht und hüllten das ganze Land in ein unabsehbares Grau, so daß ich, obgleich mir die Berge fast auf der Nase lagen, in ein weites Meer hinauszuschauen glaubte.

Ich konnte nicht vorwärts, nicht zurück und stand da wie von Gott und der Welt verlassen, wie mir's niemals auf der ganzen Wanderschaft begegnet war.

Da holte mich das Zigeunermädchen ein.

»Warum habt Ihr auf mein Rufen nicht gehört? Ich wußte wohl, daß Ihr den Weg verfehlen würdet!«

Ich biß die Zähne zusammen und erwiderte kein Wort. Denn je mehr ich mich der Heimat näherte, um so fester ward mir der Sinn, um so reiner die Gedanken. Es war der Segen der Heimkehr, der jetzt schon halb auf mir ruhte.

Furchtbar wehe that es mir, also zu schweigen, und dem Heidenkind hat es wohl viel weher gethan, das las ich auf ihrem verstörten Gesichte.

Schweigend führte sie mich nun den schmalen Pfad mitten durch die Flut, und manchmal dünkte sie mir wieder wie ein rettender Engel, vor dem die Wasser auseinander wichen. Bei einbrechender Nacht kamen wir nach Andernach.

Ich vermochte nicht in glatten Worten den Dank auszusprechen. War sie mir nicht wieder gefolgt mit der Treue und Dankbarkeit eines Hundes, den wir fortjagen und der immer wiederkommt, um uns freundlich anzuwedeln, mit seinem großen, rätselvollen Auge anzuschauen und unsere Hand zu lecken? Für solche herzbewegende Hundetreue fand ich keinen gangbaren Spruch des Dankes. Ich drückte ihr nur die Hand, wie man den Hund zum Danke streichelt.

Nun wir uns aber trennten, ging ihr noch einmal der Mund auf, und sie beschwor mich, um meiner eigenen Sicherheit willen heute abend nicht weiter zu wandern. Ich sagte dies, glaub' ich, gedankenlos zu, allein im stillen Sinne nahm ich mir dennoch vor, trotz der Dunkelheit bis zum nächsten Dorfe stromaufwärts zu gehen, denn in den Städten ist teuere Herberge.

Vor Andernach kamen mir ein paar Bauersleute entgegen. »Ihr kommt keine Viertelstunde mehr vorwärts vor dem Wasser,« riefen sie, »kehrt doch um!« Ich aber war trotzig und dachte: Hab' ich heute schon so oft die Flut betrogen, dann werde ich es jetzt auch zum letztenmal können, und schritt mutig in die Nacht hinein.

Ich hatte aber nicht bedacht, daß ein gar wildes Eifelwasser, die Nette, eine halbe Stunde über Andernach in den Rhein fällt, und so stand ich auf einmal wieder vor der Flut, und hätte ich sie umgehen wollen, dann hätte ich wohl bis in die Eifel hinaufgehen können, denn die Nette ist das schlimmste Weib, wenn sie wild wird, wirft alle Brücken ab und füllt das ganze weite Thal aus.

Wie ich nun sehe, daß ich in eine Sackgasse gerannt bin, und ganz verblüfft vor dem endlosen Wasser stehe, – es war schon schwarze Nacht geworden – höre ich drüben eine Männerstimme meinen Rufen antworten: »Wartet eine Weile, ich komme mit dem Nachen und hole Euch über die Nette!«

Also fasse ich mich in Geduld, lehne mich an eine niedere Gartenmauer – etwas abseits stand ein alter Nußbaum – und sehe ruhig zu, wie das Wasser von Minute zu Minute mächtiger aufschwillt und schon vor meinen Füßen zu plätschern beginnt.

Der Mann mit dem Nachen kam nicht.

Ich rufe, er antwortet nicht. Ich warte und warte, aber kein Nachen läßt sich hören. So mochten zwei, drei Stunden vergangen, es mochte gewiß zehn Uhr geworden sein.

Da sehe ich erst, daß das Wasser rings um mich her alles überströmt hatte, und auch unter den Füßen begann mir' s naß zu werden. Jetzt wäre ich gerne zurückgegangen; aber wie sollte ich den Weg finden? Konnte ich in der Nacht erraten, wo hier das Wasser zu durchwaten war, oder wo es mannstief stand?

Ich schwang mich auf die Gartenmauer. Hier war ich vorerst in Sicherheit. Meine Lebtage werde ich 's nicht vergessen, wie grauenhaft schön die unendliche Wasserfläche in dem weiten dunklen Thale aussah. Dem stürmischen Tag war eine ganz stille Nacht gefolgt. Fern dort drüben erglänzte eine Reihe von Lichtern mitten in der Flut, so friedlich glitzernd in dem dunklen, regungslosen Wasserspiegel, wie droben die Sterne im Himmelsraum. Es war das Städtchen Neuwied, welches ganz unter Wasser stand. Dazwischen hörte ich immerfort das leise unheimliche Geplätscher der ganz sacht, aber sicher andringenden Wogen. Wie oft mühte sich mein Ohr, den rettenden Ruderschlag in dem Plätschern zu erkennen! Aber es war und blieb immer nur das eintönige, emsige Geräusch der öden Wassermasse.

Da überlief es mich wie Todesangst, denn schon stieg mir das Wasser selbst auf der Mauer bis an die Füße heran. Ich begann eine Art Zwiesprache mit dem lieben Gott, worin ich ihm in Demut vorhielt, wie wenig geeignet gerade der gegenwärtige Zeitpunkt sei, mich von der Welt zu rufen. Und wenn er, der liebe Gott, mich so wunderbar bis zur Nette geführt, dann könne er mich doch wohl auch noch ein paar Stunden Wegs weiter auf den Westerwald führen, da es nicht abzusehen sei, warum ich gleichsam vor der Hausthür nun noch im Hochwasser ersaufen solle.

Endlich raffte ich mich zusammen und schwang mich keck zu einem dicken Aste des Nußbaumes hinüber, der hinter der Mauer stand. Da saß ich nun in den Zweigen, für die Nacht geborgen, und obgleich ich noch jezuweilen meinen Ruf erneuerte, verfiel ich doch allmählich in einen fieberhaften Schlaf. Gottes Engel haben mich gehalten, daß ich nicht herabgestürzt bin.

War mir's doch im Traume, als ob meine zeitweilig erneuerten Rufe erst fernher, dann immer näher erwidert würden. Aber es klang wie von einer Frauenstimme. Und dann deuchte mir's, als komme das Zigeunermädchen als ein Meerweibchen, wie man sie auf den Stadtbrunnen sieht, zu mir herübergeschwommen und locke mich mit ihrem Gesang zu sich hinab in die Tiefe.

Die weibliche Stimme tönt immer lauter. Nein, es war kein bloßer Traum. Ich wache auf. Da sehe ich ziemlich weit von mir ganz vorn im Strome das Mädchen auf dem äußersten Endpunkte der Mauer sitzen. Sie schrie bald aus Leibeskräften um Hilfe, bald rief sie mir zu, mich aufrecht zu halten, denn sie mochte sehen, wie ich, vom Schlaf auftaumelnd, auf meinem gefährlichen Sitze wankte und fast herabgefallen wäre.

Rasch erkannte ich ihre Lage.

»Komm zu mir auf den Baum! Nicht eine Viertelstunde mehr wirst du auf der Mauer sitzen können. Das Wasser reißt dich weg, die Mauer stürzt ein!«

»Ich komme nicht!« rief sie. »Wolf und Lamm werden Freunde auf dem schmalen Stückchen Rettungsland, wenn der Tod ringsum nach ihnen den Rachen aufsperrt, nicht aber Menschen, die sich fliehen. Dich zu retten bin ich hier, nicht mich!« Und sie verdoppelte ihren Hilferuf in die schwarze Nacht hinein.

»Ich fliehe dich nicht,« entgegnete ich, »ich bin dir gut, nur her zu mir!«

Da sprach sie, und es klang mir wieder beim Geplätscher der Wasser wie ein Gesang des Meerweibes in meinem Traume: »Meine Horde hat mich jetzt ausgestoßen um deinetwillen. Die Gottlose, die Verfluchte, die du mich genannt, bin ich jetzt ganz geworden um deinetwillen. Es gibt nur eine Erlösung für mich. Sei du mein! Laß uns selb zwei frei die Erde durchwandern. In Norwegen, in Spanien finden wir Stämme, die uns aufnehmen. Nur so du mir dies versprichst, komme ich zu dir auf den Baum. Schwur und Siegel unserer Verlöbnis sei es, daß ich in dieser Stunde der Todesnot zu dir auf den Baum komme!«

Da erzitterte mir das Herz. Und es ward mir einen Augenblick fast zu Mut wie in jener Nacht in der Wildhüterhütte. Aber ich gedachte auch wie in jener Nacht an das Herz mit den Buchstaben A. E. S., welches ich auf dem linken Arme trage, und gedachte, daß ich Martin Hildebrand heiße. Und es war mir, als ob die zwei mannhaften Streiter dieses Namens jetzt leibhaftig mir zur Seite träten. Zur Linken stand Doktor Martin Luther, der geistliche Ritter, und hielt seine große Bibel vor mich gleichwie einen Schild; zur

Rechten stand der alte Hildebrand, der weltliche Rittersmann, und erhub wie zum Angriff seinen mächtig großen Ritterspieß – –

– – Und da kam die Hilfe, der Seele zumal und dem Leib!

In einer Mühle, die weiter aufwärts an der Nette liegt, hatte man des Mädchens Ruf vernommen. Der Ruderschlag nahete. Ich sah, wie der Nachen, mit den Wirbeln kämpfend, mählich dem Baume zufuhr. Aber ich konnte meine Blicke nicht mehr rechts oder links schweifen lassen; denn zur Rechten und Linken standen wie Männer aus Erz die Gestalten der beiden tapferen Streiter; immer mußte ich das Auge geradeaus auf die Spitze des rettenden Nachens heften.

Ich hörte ein dumpfes Rollen – – wer gibt auf alle unheimlichen Töne acht in dieser schrecklichen Stunde.

Jetzt hat der Kahn den Baum erreicht. Ich springe hinein, der Schiffer stößt ab.

»Halt,« rufe ich. »Erst dort hinüber an die Mauerecke, dort sitzt noch ein Weib, das wir retten müssen!«

»Ich sehe nichts!«

Auch ich konnte nirgends mehr das feuerfarbene Tuch erblicken.

»Aber steuert nur auf die äußerste Mauerecke zu!« rufe ich verzweiflungsvoll.

Der Schiffer blickte scharf hinüber nach der Stelle.

»Die Mauerecke ist verschwunden,« spricht er; »als ich herüberfuhr, habe ich etwas rollen hören: das muß die einstürzende Mauer gewesen sein.«

Wir suchten und riefen noch lange. – Wir erhielten keine Antwort. Nur das Wasser plätscherte und wirbelte etwas stärker über dem versunkenen Mauerstücke. – –

»So ist die Zigeunerin ertrunken!« sprach ich endlich halblaut und kaum vermochte ich das Wort über die Lippen zu bringen.

»Wie? nur eine Zigeunerin war's!« rief der Schiffer. »Und darum haben wir so lange gesucht? Das Gesindel kann ja gar nicht ersaufen. Werft eine Zigeunerin mitten in den Rhein, und wenn sie schon nicht schwimmen kann, ersäuft sie doch nicht. Daran erprobt man ja gerade die Hexen, daß das Wasser sie nicht verschlingen mag, damit es für sich nicht raube, was dem Feuer oder dem Strick gehört!«

Und rasch wandte er den Kahn dem Lande zu.

Das ist geschehen am 28. Februar 1781, und jedes Jahr hab' ich mir für diesen Tag ein Kreuzlein in den Kalender gemacht.

Am anderen Tage ging ich bei Koblenz über den Rhein und erreichte die heimatlichen Berge.

Da saß ich nun warm an meines Vaters Herd, und wo der Has geheckt ist, da sitzt er gern. Ich hatte einen neuen Menschen angezogen; an der Nette war es mir armem Sünder ergangen, wie einem größeren bei Damaskus. Aus dem unsteten, wilden Burschen war ich über Nacht ein gesetzter Mann geworden.

In Jahr und Tag hielt ich Hochzeit mit meiner lieben Anna Elisabeth, deren Gedächtnis ich so fest im Herzen getragen habe auf der ganzen langen Wanderschaft; zwar nicht ohne Anfechtung, aber der Herr ließ die Versuchung immer so ein Ende gewinnen, daß ich es konnte ertragen.

Wunderlich ging mir es aber nun mit den Buchstaben A. E. S. auf meinem linken Arm. Wenn ich sie betrachtete, dann mußte ich immer an die Zigeunerin denken (ganz ähnlich und doch anders wie vordem bei ihrer Nase an die Schaufflerin), an das braune Heidenkind, das mir soviel Treue und Dank erwies, das mir nachfolgte, dankbar wie ein Hund und von mir gestoßen, wie man nur einen Hund wegstößt. Ja, es ward mir bei der Geschichte noch manchmal wirr im Kopfe. Warum hat sie mir so viel Lieb's und Gut's erweisen wollen? Sieh, es war doch alles nur Liebe, hervorgeblüht aus Dankgefühl für eine einzige ganz kleine, arme Freundlichkeit, – ich sage noch einmal: recht wie bei dem edelsten Hunde!

Wenn Zigeuner durch unsere Stadt ziehen mit ihren kleinen langhaarigen Schimmeln, die Männer das Haar in lange Zöpfe geflochten, jedes Weib einen schreienden kleinen Balg auf dem Rücken, voran die bösen Bullenbeißer mit den struppigen Haaren: dann schaue ich allemal zum Fenster hinaus, aber mein Zigeunermädchen ist nicht unter ihnen.

Dann klang mir auch lange noch das dumpfe Geroll der einstürzenden Mauer in den Ohren. Es lautete fast, wie wenn man die Schollen auf einen Sarg rollen läßt.

Und nun fällt mir noch ein: – ich habe niemals erfahren, wie das braune Mädchen geheißen hat, weder mit ihrem Zigeunernamen, noch mit ihrem Namen, welchen sie bei den Christen führte.

Meine eigenen Namen aber hielt ich seitdem besonders hoch in Ehren und sah mich vor, sie nicht mit Schanden zu verunzieren, damit ich wohl bestehen könne vor meinen beiden Wächtern, dem Doktor Martinus mit seinem Glaubensschild, der großen Bibel, und dem alten Hildebrand mit seinem großmächtigen Ritterspieß.

Über tredition

Eigenes Buch veröffentlichen

tredition wurde 2006 in Hamburg gegründet und hat seither mehrere tausend Buchtitel veröffentlicht. Autoren veröffentlichen in wenigen leichten Schritten gedruckte Bücher, e-Books und audio-Books. tredition hat das Ziel, die beste und fairste Veröffentlichungsmöglichkeit für Autoren zu bieten.

tredition wurde mit der Erkenntnis gegründet, dass nur etwa jedes 200. bei Verlagen eingereichte Manuskript veröffentlicht wird. Dabei hat jedes Buch seinen Markt, also seine Leser. tredition sorgt dafür, dass für jedes Buch die Leserschaft auch erreicht wird.

Im einzigartigen Literatur-Netzwerk von tredition bieten zahlreiche Literatur-Partner (das sind Lektoren, Übersetzer, Hörbuchsprecher und Illustratoren) ihre Dienstleistung an, um Manuskripte zu verbessern oder die Vielfalt zu erhöhen. Autoren vereinbaren direkt mit den Literatur-Partnern die Konditionen ihrer Zusammenarbeit und partizipieren gemeinsam am Erfolg des Buches.

Das gesamte Verlagsprogramm von tredition ist bei allen stationären Buchhandlungen und Online-Buchhändlern wie z. B. Amazon erhältlich. e-Books stehen bei den führenden Online-Portalen (z. B. iBookstore von Apple oder Kindle von Amazon) zum Verkauf.

Einfach leicht ein Buch veröffentlichen: **www.tredition.de**

Eigene Buchreihe oder eigenen Verlag gründen

Seit 2009 bietet tredition sein Verlagskonzept auch als sogenanntes "White-Label" an. Das bedeutet, dass andere Unternehmen, Institutionen und Personen risikofrei und unkompliziert selbst zum Herausgeber von Büchern und Buchreihen unter eigener Marke werden können. tredition übernimmt dabei das komplette Herstellungs- und Distributionsrisiko.

Zahlreiche Zeitschriften-, Zeitungs- und Buchverlage, Universitäten, Forschungseinrichtungen u.v.m. nutzen diese Dienstleistung von tredition, um unter eigener Marke ohne Risiko Bücher zu verlegen.

Alle Informationen im Internet: **www.tredition.de/fuer-verlage**

tredition wurde mit mehreren Innovationspreisen ausgezeichnet, u. a. mit dem Webfuture Award und dem Innovationspreis der Buch Digitale.

tredition ist Mitglied im Börsenverein des Deutschen Buchhandels.

Dieses Werk elektronisch lesen

Dieses Werk ist Teil der Gutenberg-DE Edition DVD. Diese enthält das komplette Archiv des Projekt Gutenberg-DE. Die DVD ist im Internet erhältlich auf **http://gutenbergshop.abc.de**

Zeitfracht Medien GmbH
Ferdinand-Jühlke-Straße 7
99095 Erfurt, Deutschland
produktsicherheit@kolibri360.de